# 困ってるひと

大野更紗

ポプラ社

はじめに

# 絶望は、しない

## わたし、難病女子

この、『困ってるひと』というタイトルに、「なんだそりゃ」とお思いになる方も多いだろう。そして、「あなた誰」と。

わたしは、この先行き不安、金融不安、就職難、絆《きずな》崩壊、出版不況、鬱《うつ》の嵐が吹き荒れ、そのうえ未曾有《みぞう》の大災害におそわれた昨今のキビシー日本砂漠で、ある日突然わけのわからない、日本ではほとんど前例のない、稀な難病にかかった大学院生女子、現在二十六歳。ちなみに、病名は、Fasciitis-panniculitis syndrome（筋膜炎《きんまくえん》脂肪織炎《しぼうしきえん》症候群《しょうこうぐん》）とついている。皮膚筋炎という、これまた難病も併発している。自己免疫疾患の専門医でないかぎり、病名からは、どんな病気かの推測はほとんどできないと思う。

東北みちのく、福島の、いちばん近いコンビニまで車で十五分という、のどかなド田舎山間《やまあい》の集落に生まれた。ちなみに現在、ここは福島原発事故の避難ラインギリギリ最前線地域となり、はからずも、日本で最も注目を集めるのどかなド田舎となってしまった。

すごく貧乏ではないが、特にお金があるわけでもなく、小作のお百姓が勤め人になっただけのお家。小さい頃、腰の曲がったじっちとばっぱらが用意してくれるお茶うけは、白砂糖であった（これはカネの問題ではなく、価値観とタイムラグの問題である）。

田舎者、世間知らず、天真爛漫なムーミン谷のムーミンパパママのごとき両親のもと、田舎の学校では優等生、家の前のイワナ泳ぐせせらぎで泳ぎ、野草をおやつにし、ときどき原宿などにひとり出かけていっては都会にあこがれるという、孤独で、アンバランスで、夢見がちな子どもだった。幼稚園児のときから、東北弁と標準語の言語野は完全に分離していた。

高校時代に九・一一とその後の世界を見て何もかもに嫌気がさし、カルチェ・ラタンとかデリダとかなんかかっこいいかもという至極軽薄な動機で、おフランスに逃亡しようと上智大学外国語学部フランス語学科に入学。

ところが、学部一年目にして、ビルマ（ミャンマー）難民という運命の「問題」に出会ってしまったのが、運の尽き（？）だった。誰に頼まれてもいないのに、世界を救えると思いこみ、軍事政権という「悪」とたたかい、何かしなければならないという正義感、使命感にかられ、文字通り必死に身を削った。

次第に、より根本的な現場を求めて、ビルマから国境を越えて逃れてくる避難民の現状を知るために、タイやビルマへ頻繁に足を運ぶようになった。日本人はほとんど足を踏み入れない「危険」地域もひとりでがしがし歩き、難民キャンプも国境もどんどんわけいり、人びとへのインタビューを続けた。

もっとビルマの勉強がしたい、何かもっとできることを探したいと大学院に進学して間もなく、二〇〇八年、発症。きわめて稀なる難病にかかり、稀なる治療を受け、稀なる闘病生活を送り、入院中の身にもかかわらず、やむにやまれぬ事情により、病室から遠隔操作で引っ越しをしたりした。

壮絶（！）な一年間の医療機関を放浪する生活、検査、さらにさらに想像を絶する（!!）九か月間の入院生活を経て、現在の病院の近くにともかくひとり居住している。いったん退院はしたものの、「難病」なので、もちろん治ったりはしていない。

　難病患者、あるいは慢性疾患の患者にとって、「治る」という言葉の持つニュアンスや重みは、とても微妙なものだ。治ることと、一時的に症状が改善されてよくなることとは、違う。

　わたしの病気は、免疫のシステムが勝手に暴走し、全身に炎症を起こす、自己免疫疾患と呼ばれるタイプの難病。免疫そのものがおかしくなっているので、人それぞれ特徴はあれど、全身あらゆる組織に症状が及ぶ。「治す」というより、病態をステロイドや免疫抑制剤で抑えこんで、付き合っていくしかないのだ。そして、さらには、それらの薬の及ぼす深刻な副作用とも、お付き合いせざるを得ない。

　この原稿を打ち込むキーをたたいている今も、一日ステロイドを二十ミリグラム服用し、免疫抑制剤、解熱鎮痛剤、病態や副作用を抑える薬、安定剤、内服薬だけで諸々三十錠前後。目薬や塗り薬、湿布、特殊なテープ、何十種類もの薬によって、室内での安静状態で、なんとか最低限の行動を維持している。それでも症状は抑えきれず、二十四時間途切れることなく、熱、倦怠感、痛み、挙げればきりのないさまざまな全身の症状、苦痛が続く。

この本の執筆をはじめた二〇一〇年の夏は炎天下、あやうく行き倒れになりかけながら通院した。週に一度麻酔なしで切開プチ手術を受けていた（当然だがチョーチョー痛い）。

冬は絶不調のピークだ。ひとりでは外に出ることすらままならない。強制ひきこもりを余儀なくされる。寒さで身体に負荷が一気にかかり、すさまじい具合の悪さと、二トントラックが身体の上にのっかっているような倦怠感と、常時格闘する。

何か身体に異変があれば、すぐに主治医の先生に電話をして、病院へ駆け込む。この苦しさが、あとどれだけ、どんなふうに続くのか。わたし自身にも、主治医にも、誰にもわからない。

困難に困難を塗り重ね、試練のミルフィーユか！　わたしゃブッダか！とひとり自分に突っ込みを入れてみる。

難病患者となって、心身、居住、生活、経済的問題、家族、わたしの存在にかかわるすべてが、困難そのものに変わった。当たり前のこと、どうってことない動作、無意識にできていたこと、「普通」がとんでもなく大変。毎日、毎瞬間、言語に絶する生存のたたかいをくりひろげている。

まあとにかく、難民を支援したり研究したりしていたら、自分が本物の難民になってしまったわけだ。わたしは、要は、「困る」ことについて、最果ての現状を見聞きし、自分自身も最果ての状況に陥った、若干エクストリームな「困ってるひと」なのである。

この本は、いわゆる「闘病記」ではない。もちろん、その要素も兼ねざるを得ないけれど。いま、わたしにとって、生きることは、はっきり言ってチョー苦痛。困難山盛り。一瞬一瞬、ひとつひとつの動作、エブリシング、たたかい。

ひとりの人間が、たった一日を生きることが、これほど大変なことか！それでも、いま、「絶望は、しない」と決めたわたしがいる。こんな惨《さん》憺《たん》たる世の中でも、光が、希望があると、そのへんを通行するぐったりと疲れきった顔のオジサンに飛びついて、ケータイをピコピコしながら横列歩行してくる女学生を抱きしめて、「だいじょうぶだから！」と叫びたい気持ちにあふれている。そんな傍迷惑《はためいわく》な気持ちなどいらないという意見はとりあえず置いておく。何があったかって？　もーいろいろ、すごいことがありました。人生は、アメイジングなんです。

いま、この社会を、生きるって、たぶん、すごくしんどい。大震災が、そのしんどさにさらに拍車をかけてしまった。暗澹たる不透明感から、いよいよ目の前は真っ暗闇に。将来のことなど、考えるだけでウツウツとし、頭痛がしてくるようである。これから日本社会がどうなってしまうのか。いろんなものを失ってどうすればいいのか。不安でたまらないひともたくさんいると思う。

病気にかかっているかどうかにかかわらず。年齢や、社会的ポジションにかかわらず。けっこうみんな、多かれ少なかれ苦しくって、「困ってる」と思うのだが、どうだろう。

どうしてこんなに苦しいのか、みんな困らなくてはならないのか、エクストリーム「困ってるひと」としては、いろいろ思うところがあるのです。

それでは、命からがら、執筆スタアト。

どうか、しばしのお付き合いを。

困ってるひと

もくじ

不動産

装・挿画
能町みね子
装丁
木庭貴信+角倉織音
（オクターヴ）

第一章

# わたし、何の難病？

## 難民研究女子、医療難民となる

### ビルマ女子、イモムシ化する

「うごけない……」

二〇〇八年、秋。わたしは、当時友人とシェアして暮らしていた小平市の、見た目いまにも吹っ飛びそうな、まるきり昭和にタイムスリップしたかのような平長屋の板床の上、うら若き女子大学院生の寝具としてはファンシーさもロマンチックさも皆無の、ちょっとカビくさい（だって干す気力がなかったから……）煎餅布団にくるまって、うめいていた。

二〇〇八年三月に上智大学外国語学部おフランス語学科を卒業。ビルマの開発と人権をテーマにした卒論も書き、指導教授も変わることなく、難なく至極自然の流れで大学院の入試も通過。グローバルスタディーズ研究科地域研究専攻という、やたらと名前が長く解釈に幅のある研究科へ。まあ、とにかく、ビルマの地域研究をしようと思っていた。学部四年生のときに、某財団の研究助成プログラムに応募して、見事合格（ワォ！）。すでにビルマ難民のリサーチをするために、タイへ長期で行けることが決まっていた。

ビルマ研究者になろう！　と、まさしく前途洋洋という感じ？　期待の若手？　まあ難点としては、けっして頭がいいというわけじゃないことと（上を見ればきりがない）、博士後期課程に進学するとしたら何か奨学金を取ったりして食いぶちを考えないといけないということと、民主化活動やらＮＧＯやらに肩入れしていたのがバレて、ビザが発給されなくなり、ビルマ本国には入国できなくなったこと、くらいだが、そんなものはビルマへの想いがあればどうにでもなると思っていた。

入国できなくなったことは、本当に悲しかったしショックだったけれど、開き直るしかなかった。研究する国に正規に入れないなんて、地域研究者として致命的？　はっはー、何をおっしゃる。泣く子も黙る『想像の共同体』著者、ベネディクト・アンダーソン大先生だって、二十七年間インドネシアに入国できなかったのだ。

ビルマ国内から国境へ逃れてくる避難民は、何十万人といる。彼らの語りを聞き、形にするだけでも、一生かかる仕事だ。そう、そう思っていた。四月に大学院に入学してすぐ休学し、タイへ飛ぶべく、ビザの取得や研究の準備を必死で進めていたときだった。

そのころのわたしは、まさしく満身創痍《まんしんそうい》であった。ビルマでの、二〇〇七年九月の民主化蜂起と軍事政権による武力弾圧。二〇〇八年五月のサイクロン『ナルギス』の空前絶後の被害。文字通り、寝食を犠牲にして、とにかく、自分ができることをすべてやろうとしていた。体力の続くかぎり、PCの前か大使館の前かNGOの事務所か国連大学の前か議員会館か、あちこち駆けずりまわっていた。タイ―ビルマ国境にひょこっと支援を届けに向かったりしていた。

学部を出たばかりの学生ができることなんて、たかが知れている。エライ人たちの雑用係だけど、それでも、ビルマ人の命がかかってる。何かせずにはいられなかった。軍事政権と、たたかわねば。それしか頭になかった。食べられるときに何か食べ、一日数時間死んだように眠る生活が続いた。

何かがおかしい、と自覚し始めたのは、ナルギスの支援の嵐が落ち着き始めた、二〇〇八年の夏の終わり。はじまりは、両腕に点々と、内出血のようなしこり、紅い斑点が出現したことだった。

「どこかでぶつけたのかな?」くらいに思っていたら、どんどん痛みが進行していく。がんがん身体じゅうがおかしくなっていく。まず布団から起き上がれなくなった。全身の力が入らない。身体じゅうが、真っ赤な風船みたいにパンパンに腫《は》れ、触るだけで痛い。関節が、ガッチガチに固まって、ぜんぜん曲がらない。熱が、何をしても、どんな市販の薬を飲んでも、三十八度以下に下がらない。パブロンもバファリンもまったく効果がない。

あっという間に可哀そうなイモムシみたいになってしまい、「これは、何か病気だ」とさすがに危機感を覚えたが、病院の何科の診療に行けばいいのかがわからない。関節が痛いので、まず近隣の某総合病院の整形外科へ行ってみた。もはや、身動きをとるのも困難なので、タクシーを呼んだ。おばあちゃんのような体勢で病院に辿り着き、腕のレントゲンを撮影し、待合室でさらに二時間延々と待つ。

ようやく現れた三十代くらいの医師は、

「うーん……こういうのは難しいんだよね。内科の先生にちょっと診《み》てもらって」

そうですか。そういうことで、次の日、またしてもタクシーを呼ぶ。肝臓のCTを撮影し、また二時間待ち、五十代くらいの内科の医師の診察を受ける。

「まあ、ねえ……。肝機能がちょっとおかしいから、ウルソ（肝臓の薬）でも飲んどいて」

なんとなく、腑《ふ》に落ちない。というか、現に処方された薬を飲んでも、一向によくならない。直感的に、これはダメな診断だな、と感じた。インターネットで、「腕の斑点」「しこり」でググる。大学院生らしくネットを駆使しリサーチをした結果、「結節性紅斑《けっせつせいこうはん》」なのではないか、と思った。疲れているときに出る、アレルギー反応みたいなものらしい。そしてどうやら、皮膚科に行けばいいらしいこともわかった。最寄りの、ネット上でも評判がいい皮膚科のクリニックを受診した。

このクリニックの先生は、私の腕を一瞬ぱっと見てすぐ、分厚い医学書を出してきた。

「確かに、結節性紅斑かもしれません。大学病院で、専門医の診断を受けてください」

最寄りの某有名大学病院の皮膚科宛てに、紹介状を書いてくれた。ロキソニン（解熱鎮痛剤）だけ処方してもらい、いよいよ自力で床から立ち上がることもできなくなった身体で、わが人生初の大学病院行きである。

某有名大学病院は、家からけっこう遠い。バスで行こうかとも思ったが、到底耐えられそうもないので、またまたタクシーを呼ぶ。タクシー代がどんどんかさんでゆくが、救急車を呼ぶわけにもいかないので、他に方法がない。入り口を入ると巨大な受付、すごい混雑！

初診は、三時間待った。イロイロずらっとスバラシそうな肩書がついている、皮膚科専門医の先生に診ていただく。採血と採尿をして、さらに一時間待つ。待ちすぎて待つことに耐えるだけで死にそうであった。

「結節性紅斑だと思いますね。肝機能が低下してますね。おそらく、肝臓系で何かがきっかけになって、免疫機能がこういう作用を起こしているんですね。こういう症状は、安静にして慎重に経過を診なければならないし、下手に投薬するとかえって見誤ることが多いので、薬は何も飲まず、とにかく安静にしてください」

なるほど。果たしてタイ行きが可能なのかどうか、不安がよぎる。

「治るまで、どのくらいかかるんでしょうか？」

「まあ、二、三か月程度ではないでしょうか」

そうですか。いまは九月だから、少し出発は遅れるかもしれないけれど、なんとか行けそうだ。大丈夫だ。ここは某有名大学病院なんだし、その教授先生が言っているのだから、大丈夫だ。

当時、わたしは、ムーミン谷（実家）の両親に身体の状態を正確に話すことができなかった。特にママは、この頃職場の激務とストレスで、心身ともに追い詰められてぎりぎりの状態にあった。心配をかけるうえ、タイ行きについて不安を抱かせたくなかった。

「体調が悪いので、しばらく安静にする」

とだけ伝え、小平市の長屋で、ただイモムシとなりゆく。

いま思えば、起き上がることもできないのに、よく生きていたものである。ちなみに、ほとんどこの時期の記憶はない。高熱と痛みで朦朧とし、何を食べ、何を考え、どう過ごしていたのか、自分でもまったくわからない。

## タイへ行っちゃいタイんだもん

二〇〇八年十二月、熱は三十七度台を切ることはなく、ちょっと動くと三十八度超えという状況は続いていた。だが、何かにつかまれば、倒れかけながらフーラフラ歩ける、小康状態に入っていた。相変わらず、毎回三時間待ちの某有名大学病院外来で、タイに行くことを伝えたが、特に止められることもなかった。毎回、採血と採尿だけ。言われることも、毎回同じである。

「しばらくすれば、よくなります」

十二月末。わたしは、手が腫れてスーツケースを自力で持てないにもかかわらず、タイへ、リサーチしに飛んじゃったのである。

最初の一か月間は、体調の不安もあり、あまり動かず、バンコクで資料を集めたりしながら過ごそうと決めていた。チュラロンコン大学（タイの東大みたいな大学）敷地内の、研究フェローが滞在する寮の部屋で、「大丈夫」と自分に言い聞かせた。いま思い返せば、不安を打ち消したいがために、盲目的になっていた。せっかく得た機会を、どうして逃せようか。これを乗り切れなければ、自分の研究者としての道は閉ざされると思った。

二〇〇九年二月、本格的にリサーチ活動を開始すべく、北部のチェンマイへ居を移す。チェンマイはいいところ。年金でのんびり程よい生活をする日本人のおじいちゃんおばあちゃんも、最近急激に増えた。学部時代から何度も通い、慣れ親しんで勝手知ったる街である。三十七〜三十八度台の恒常的な発熱は相変わらず、全身の関節と筋肉がブリキになってしまったかのような痛みも相変わらずだったが、アパートメントを借り、NGO関係者や活動家のインタビューを徐々に開始した。

不安を裏づけるように、わたしの身体は、次第に、ますますおかしくなっていった。口腔《こうくう》内が炎症を起こして、辛いものを一切受けつけない。タイで辛いものを避けるのはちょっとタイへん。ロングだった髪の毛が、毎日、ごっそりと抜けていく。アパートメントの白い床が、散らばった髪の毛だらけになるのを見て、気が変になりそうなのを、必死に抑えた。お掃除のタイ人のおばちゃんが、不審がる。手や足の関節の可動域はかなり小さくなって、少し曲げようとするだけで激痛が走る。けれど、誰にも、言えなかった。

熱が三十九度を超えると、さすがに朦朧《もうろう》としてどうにもならない。命の危機である。現地の病院へ行き、点滴をしてもらった。どうでもいいことだが、外国人を受け入れるタイの高級病院は、アラブの石油王みたいな身なりの患者ばっかりである。サウジアラビアから遊びにきたという、何カラットなのか想像もつかない宝石を指にジャラジャラつけた人が隣で待っていて、タイの政情不安について高熱にうなされながら世間話をした。タイの病院が出す解熱剤や抗生剤は、欧米製の強力なブツなので、熱は一時的に下がる。

「おそらく、デング熱でしょうね」

アメリカ帰りのタイ人医師の英語の診断を聞きながら、"Maybe, not."とは、言えなかった。

三月、臭いものにふたをして逃げたまま、タイ―ビルマ国境地域へ向かった。大阪で長年国境のビルマ難民への支援をおこなっている、日本ビルマ救援センター（BRCJ）の方々の、難民キャンプへ支援物資を届けるご一行に同行しお邪魔させていただいた。個人でキャンプへ入る許可を取るのは、非常に難儀するのだ。

タイ―ビルマ国境沿い、十四万人以上の避難民が暮らし十か所ほど点在しているキャンプは、ほとんどが山岳部、ジャングルの中、行くのも容易でない場所にある。キャンプの中には国際NGOが運営している病院もある。

病院と言っても、雨風をしのぐトタン屋根とビニールシートの中、限られた医薬品と機器しかない。マラリア、HIV、結核、赤痢、感染症で、多くの命が毎日失われる。小さな子どもも含めて。累累と、避難民の患者さんが、ベッドにぐったりと横たわっている。わたしには何も、できない。いつもの、苦しい光景。

「これは、やばいぞ」と思ったのは、難民キャンプの山道をもはや登れないということが、キャンプに到着してからわかったときだった。足が動かない。一歩も前に進めない。一緒にキャンプへ来ていた日本人のボランティアのお医者さんに、心配される。

リサーチしてる場合じゃないのではないか、帰国すべきなのではないか。いやいや、治るって言われたし、もっと粘らなくちゃ。ひたすら葛藤する。

四月に入り、ついにどうやっても自力歩行が困難になり、いったんの帰国を決断する。手足が風船みたいに腫れ、何かに触れるだけで痛み、指は潰瘍《かいよう》だらけ、自分のバッグを持てない。パスポートとチケットとお金、最小限の荷物だけリュックで背負った。チェンマイのアパートメントにすべてを置き去りにし、とにかくバンコクへ。激痛で、ほんの数メートルも足が動かず進めないのだ。バンコクのスワンナプーム国際空港に到着したところで、とうとう一歩たりとも歩けなくなった。愕然《がくぜん》とした。空港職員のお姉さんに助けを求めた。車いすを出してもらい、ユナイテッド航空成田行きの便に、ようやっと乗り込んだ。

成田に早朝到着し、引き続き空港職員のおじさんに車いすで誘導してもらって、そのまま某有名大学病院最寄り駅直行のエアポートバスに乗った。駅に着いたはいいものの、歩けないのである。どうしろと言うのだ！　もうバンコクの空港からパニックに陥っていたわたしは、

「そうか、杖だ！」

とナイスなひらめき（普通に救急車を呼べばよかったと今になって思う）。待てよ、杖ってどこで売ってるんだ？　目の前を通りすぎた杖をついているおばあちゃんに、半泣きの必死の形相で、

「すみません！　杖って、どこで売ってるんですかあああ！」

と、尋ねた。おばあちゃんは、一切動じもせず、

「駅ビルのロンロンの〇〇で売ってるわよ」

と答えてくれた。スーツケースを駅のロッカーにひきずってぶちこんで、ロンロンへ。お年寄り用品ショップにて、杖を購入。タクシーに乗り、必死で某有名大学病院へ。また、同じ先生の診察を受ける。二時間待つ。今度こそ、何を言われるかと思ったら。

「安静にしていれば、よくなります」

チーン。撃沈。

## ムーミン谷にて、石化する

もはや、小平市の長屋で自力で生活するのは不可能であったので、いったん両親が暮らす福島の実家に戻り、そちらの大きな病院で検査を受けることにした。

前述したとおり、我が家は「ムーミン谷」である。病院まで、車で片道一時間半。父と母が、仕事をしながら交代で、二〇〇九年の五月から九月の間、約四か月間、週に一～三回外来通院の送り迎えをしてくれた。

まず行ったのは、皮膚科。

「症状だけ見てると、膠原病《こうげんびょう》っぽいんだけどね……血液データにそれらしい反応がないから」

四十代くらいかと思われる若手の男性医師は、明らかにうんうん迷っていた。外来のたびに毎回うんうん唸っている。

何も進展がないまま数回の外来を過ごした後、突然「生検しましょう」と言われる。「生検」が何なのかよくわからないまま、はい、と答えた。手足に点在する、例の「しこり」を切り取って組織を調べるという。

処置室に入り、特に何の説明も受けず、人生初の「術衣」なぞを着るよう指示される。なんだかテレビドラマに出てくる外科手術そのまんまの様相を呈してきて、いろんな器具が出てきて、ペタペタモニターのようなものをつけられ、内心焦《あせ》る。

え、え、え？　右大腿部に局所麻酔の注射。い、いってえええええええええ！

後でわかったことだが、炎症部位に局所麻酔を注入すること自体が激痛を伴い、そのうえあまり麻酔は効かないのである。肉を切られているのが、はっきりわかる。痛い、痛い、痛いよう。しかも、いつまでも終わらない。一時間ずっと切り続けた。一時間かかるって、先に言ってください、頼むから。処置が終わった時には、汗がベッドの下の床までびっしょりとつたっていた。

その皮膚生検でわかったことは、「しこり」は脂肪組織の炎症の塊《かたまり》である、ということ。で、それで？　次は、「唾液腺の生検をしましょう」とな。

耳鼻咽喉科へレッツゴー。

下くちびるの肉を、また切り取る。若い女性の先生が、ごめんね、と言いながら処置してくれる。唾液量の検査もする。唾液腺に多少炎症があり、唾液量も少ないことがわかった。

ワッツ、ネクスト？　消化器内科。

採血、採尿。大腸の、内視鏡検査。腸管にも炎症が及んでいて、検査が激痛、耐えがたい。

「痛い、痛い」と泣きわめき、気絶しそうになる。

「うーん。特に病変はないですけど」

終了。

それで、それで、次はどこやねん。膠原病内科へ。三十代くらいの、若い男性の医師だった。この先生は、ある意味で正直なひとだった。「手に負えない」「よくわかんない」ということを、はっきり態度で示してくれた。それが、後々わたしに東京へ戻る決断をさせる後押しになった。

もはや、何も言うまい。眼科へ。造影剤を点滴で体内に注入し、眼底の網膜を撮影する検査をする。ちょっとキレ者風の、するどい男性医師。このひとの一言が、膠原病内科の医師の判断を動かした。

「軟性白斑が、出てます。眼底に炎症が出ている。膠原病系の、自己免疫疾患だと思う。ステロイドでの加療が、必要だと考えます」

軟性白斑？　それは、網膜に出る、炎症の痕のようなものらしい。そのとき白斑が出た場所は、たまたま、視野への影響は少ない部位だった。しかし、これが網膜の、視《み》る像が反映される部分に出れば、確実に眼が見えにくくなるとのことだった。

眼も、やられるのか。


九月のなかば。ひととおり検査をして、膠原病内科の担当の医師から出た言葉は、

「正直言って、自信ない。よく、わからない」

「ためしに、ステロイドを投与してみることしかできない」

ステロイドは、診断も病名もつかないまま、「ためしに」使っていい薬ではない。福島では、これが限界なんだ。自信がないと自ら言うひとに、命を預けるわけには、いかない。

「東京で、専門医の先生の意見をうかがってみたいので、紹介状を二通、書いていただけますか」

東京へ、戻ろう。

このときのわたしの身体の状態は、悲惨そのものである。手は、脂肪組織の下までえぐれている潰瘍だらけ。手足は、例の「しこり」だらけ。皮膚はただれ、どこもかしこも、触られるだけで痛む。口の中も炎症だらけ、ものを食べるのも苦痛だった。眼は涙が出ず、朝起きると瞼《まぶた》がセメントみたいにガビガビに固まって開かない。手足、全身の関節は、もはや、ほとんど動かなかった。膝など、ほんの少し角度を変えるだけで、歯を食いしばるような激痛が走る。

力が入らず、自力ではベッドから起き上がるどころか、寝返りすら打てなくなった。何か食べるとすぐにお腹が痛くなり、下痢を起こす。髪はすっかり抜けて、頭の地肌が露出していた。なんというか、もう、自分自身が人間じゃない感じがした。

石。石です。

## 漂流、医療難民になる

福島の医師に紹介状を書いてもらい、膠原病系では有名な、評判もよい、東京の某大学病院へ、すがる思いで電話をかけた。診療科の科長の、有名教授の先生に予約を入れる。予約はいっぱいで、二週間待ちだという。それでも診てもらえるなら、待ちましょう。

二週間、ベッドの中で、痛みで身動きすらとれないまま、ただ耐えた。

当日、両親と車で六時間かけて東京へ。さらに待合室で二時間待って、ようやく診察に呼ばれた。

レントゲンのフィルムと、血液データだけをさらっと見て、「ふうん」。

「まあ、膠原病のような病態ですが、はっきりと確定診断できる要素がないんですよねえ。なりかけのような状態なのかもしれませんがねえ」

いや、要素とかじゃなくて。数値とかじゃなくて。基準とかじゃなくて。病名とかじゃなくて。一年間、石みたいに固まって、激痛で、熱が下がらなくて、もうとにかくどこもかしこも痛いんですが、死にそうなんですが。医者って、病気のひとの苦痛を軽減してくれるのが、仕事じゃないんですか。ずっと前から思ってたんですけど、どうして、日本の大きな大学病院って、入院とかさせてくれないんですか。こんなに具合が悪いのに。どうして、何時間も、何週間も、何か月も待たせて、延々と外来に通わせて、だらだらと中途半端な検査ばっかりして、誰も、何も、してくれないんですか。患者は、病院に通うだけでどんどん悪化しちゃうじゃないですか、これじゃあ。

エライ先生を目の前にして、口には出せないが、頭の中でワンワンと、言葉にならない言葉がゆきすぎる。で、最後に何をおっしゃるかと思えば、

「福島に、お帰りになってはいかがですか」

一瞬で、切られたことがわかった。めんどくさそうだから診る気ないよ、と表情がはっきり語っている。これが白い巨塔の実態ですか。そうですか。失望、絶望で呆然としながら、会計でさらに一時間待たされた。

何があっても、もう二度と、行かない。

## 電話口に、ハーバード出る

また六時間かけてムーミン谷に帰宅したわたしは、両親に、

「明日、もう一度、東京に行きます。ひとりで」

と、ある重大な決心をして言い放った。

翌朝。父に新幹線の駅まで車で送ってもらい、杖をつき文字通り身体をひきずって、腰の曲がったおばあちゃん体勢で、東京行きの東北新幹線MAXやまびこ号のチケットを買った。新幹線のホームに立ちつくし、わたしは考えた。これで、最後にしよう。これでだめだったら、帰り道にひとりで死のう。そう決めて、昨夜、自宅に帰ってからインターネットで検索した、元ハーバードの自己免疫疾患の専門家がいるという、ミステリアスな雰囲気ただよう、都心の某大学付属病院に電話をかけた。

「ハイハイ、○○研究室です！」

歯切れのいい唐突な、声。偶然にも、電話口に出たのは、そこの診療科科長の教授先生だった。HPで見た人だ、元ハーバードのひとだ！　わたしは、死を決意した人間にしては軟弱なことに、ハーバードのネームバリューに恐れおののいた。思わず、

「すみません、間違えました!!」

と反射的に答えてしまった。

「ん？　たぶん間違ってませんよ、何？　どうしたの？　おたく、どちらさま？」

わたしは必死に、自分の身体の状態と経緯を、バーッとあふれるままに電話口で説明した。

迷子の子どものように。

「あらら、それは大変だ。まあ、可哀そうだなあ。え、いま福島にいる？　病院まで来られる？　え、いま新幹線の駅なの？」

「そしたらねえ、ちょうどね、今日の午後、僕の外来ですから。診てあげますから、今からすぐに来て。受付で、僕の了解をとっていると言ってもらえればいいからね」

新幹線の座席でぐったりと、朦朧としながら、ハーバード、ハーバードの文字だけが脳裏をよぎる。いったい、どんなところなのか。あんなに気軽な感じで、飛び込みで元ハーバードのプロフェッサーに診てもらえるものなのか。でもなんだか本当に、優しそうな声だった。心配してくれている声だった。もしかすると、わたしは、死なずにすむのだろうか。

そして、二〇〇九年、九月末。発病から一年が経過した、秋のある日。わたしは、都心の森の中の、わたしの人生を五四〇度くらい変えることになる、某大学付属病院へ、足を踏み入れたのだった。

これまでなんて、ほんの「序の口」でしかなかったのである。

難民化する「本番」は、この世の現実を直視するのは、まだまだこれからなのです。

第二章

# わたし、ビルマ女子

## ムーミン少女、激戦地のムーミン谷へ

少し、話をさかのぼろう。いったいぜんたい、ビルマって何なのか。それはミャンマーではないのか。というか何故、ド田舎から上京してきて、なんだかお上品そうな上智のおフランス語学科に入り、いきなり百八十度方向転換して東南アジアの最辺境、ビルマの国境難民キャンプにわけいり、活動家のごとく我が身を削るほどの「ビルマ女子」とならねばならないのか。どういう文脈なんだ。さぞかし、奇っ怪であろう。

なんでだろう。わたし自身、まったくもって疑問だらけである。難民、難病、困難、苦難、はて、どうしてこんな「難」ばかりつく女子になってしまったのか……。

## ムーミン谷にて、少女、屈折す

わたしは一九八四年、東北は福島県の片田舎、「いろは坂」みたいな山道を越えたその先にぽつんとある、山と山の間の幅が狭い谷間、全九十九戸の小さな集落に生まれた。我が家の標高は七百メートルくらい。NHKでやっている、『こんなステキなにっぽんが』っていう番組。まさしく、ああいう感じである。

九十度、直角に腰の曲がったじっち、ばっぱらが、手ぬぐいを頭にかぶり、モンペ姿で畑をせっせと耕す。幼少期の八〇年代後半から九〇年代を経て、現在のゼロ年代。日本社会がバブル崩壊から、長い出口のない不況に突入し、劇的な少子高齢化が進み、弱肉強食時代への激動の変遷を遂げるわけであるが、そんな時代の流れは陸の孤島のおうち周辺ではまったく感じることなく、思春期まで育ってしまった。

この世間から隔絶された、ド田舎山中は、子ども時代のわたしにとって平和きわまり退屈にも過ぎる、「ムーミン谷」であった。今現在もなお、そこにはまるっと肥えた二匹のムーミンが生息している（ちなみに、それはわたしのパパとママである）。

ムーミン谷への道は杉の森林にはばまれているため、グローバルなキャピタリズムの手先らも容易には進出できない。昭和の残りかすみたいな、小さなかわいい営みがまだ残っていた。

よろず屋のような小さい商店が一つあるだけで、学校やコンビニまでは山道を車で十五分走らねば、辿り着かない。車に乗れない老人のために週に一回、山の下の町から、生鮮食料品などを扱う移動販売車が来る。

「さざんかの宿」をBGMに大音量で流す、「毎度おなじみー、ミカワヤの移動販売車でございまーす」がやってくると、五歳のわたしは、おつかいで豆腐とこんにゃくを買いにゆく。おつりは、おこづかいにすることを許可されていた。「下界」の文明の物品たる「うまい棒」や「棒カステラ」を、ほんとうに、心から美味しいと有り難がって食べた。

ときたま、焼き芋屋さんが来る時は、もう大興奮。

「じっち（わたしの祖父のこと）、五百円！」

と資金をゲットし（ばっぱ〈祖母〉は稀なるケチであったため、つねに資金源はじっちであった。じっちは、孫には甘い祖父だった）、ダッシュする。軽トラの焼き芋おじちゃんはわたしが来るのを待ち構えていて、いつも一本おまけしてくれた。ああ、懐かしや。

わたしの家族は、大正時代に建てられたという瓦屋根の木造平屋に、じっちとばっぱが生きてたころはみな一緒に暮らしていた（今もパパとママはそこに住んでいる）。パパママは二人ともに、多忙な勤め人。帰宅はいつも遅い。じっちとばっぱは、東北地方の農村によくいる老人というか、大正生まれのプロトタイプというか、別にやらずともよい畑仕事を、朝方から日が暮れるまでしなければ気がすまない人種だった。

託児所？　保育所？　そんな都会的な施設は周辺に存在しない。ママは赤ちゃんのわたしを、近隣の「子育ておばちゃん」に有料で預け、勤めを続けた。

生まれたばかりの時、病院の新生児室であまりに泣き叫び続けるので、ママは看護師さんに、

「この子は、育てんのは苦労すっぺな……」

と宣告されたらしい。ところが、ママがママの実家（こちらの家は、福島第一原子力発電所のすぐそばに位置しているため、現在事実上消滅しつつある）にわたしを持って帰り、亡き曾祖母がいつまでも泣き止《や》まぬわたしを見て、

「ハラ減ってんでねえべか」

と神の一言を発し、すべては一変する。そう、ただハラが減っていただけで、通常の赤ちゃんが飲む二倍の量のミルクをゴクゴクし終わると、けろっとニコニコ。以来、食い意地の問題が解決されるかぎり、わたしはかなり聞き分けのいい赤ちゃんとなったらしく、特にむずかることもなく、預け先のおばちゃんが感心するほど、ひとりで大人しく遊んでいたという。ちなみにこの世に生を受け、初めて発した言語は、

「アイシゅ（＝アイス）」

である。

ものごころついてからの子育ては、完全に、山中に放置である。遊びやおやつはなんでも、自分でやるしかなかった。庭のグミの実、アカツメクサの蜜をチュウチュウ。野草をかじって

いた。おなかがすいて、四歳のときブルブル震える手で、泣きながら包丁でりんごを剝《む》いた記憶が何故か鮮烈に残っている。裏山の秘密基地で、栗やたけのこや福寿草やきのこをとって、お姫さまごっこにいそしみ、家の前の川で泳いだ。ちなみに、その川では普通にイワナが釣れる。

わたしは、東京に来るまで水道料金というものを知らなかった。曾祖父らが戦後に水源からひいた湧水を、今でも使っている。そ、その水道管の中がどうなっているかなんて、考えてはいかん。小学生になるまでお湯は薪のボイラーで、納屋にはじっちが毎日斧で割る薪が、うずたかく積み重なっていた。

冬にはよく、ぼたん雪が降った。子どもの小さな身体が、ずぼっと埋まるくらいに。ぼたん雪は水分が多くて重いから、雪かきには骨が折れる。じっちとばっぱが朝の五時くらいから雪をかいている音が聞こえて、目が覚める。毎朝、わたしが乗るスクールバスの停留所までの道をつくってくれているのである。本当に寒い日は、さらさらとした軽い粉雪が散る。

なんとまあ、ナチュラルでロハスなすばらしい少女時代なの！　と感激されるかもしれないが、わたしは、屈折した、孤独な子どもだった。ママは基本的に子どもの好きにさせるが、自由主義的な教育熱心さもあり、家には数多《あまた》の絵本、本があった。結果、掘りごたつでミヒャエル・エンデの『モモ』を読む、比較的ませた小学生ができあがったわけだ。

幼稚園から中学校まで、わたしは、学校の成績はいつもいちばんで、生徒会長で、町では優秀で通っていた。典型的な、田舎の優等生である。

子どものころのわたしには、ほんとうの友達は、いなかったのかもしれない。田舎の「土着」のコミュニティのなかで、それに守られ育ちながら、窮屈さ、圧迫感がたまらなかった。息苦しかった。

「田舎で生活するってのはな、都会人が夢見るような、生易《なまやさ》しいもんじゃねえんだ」

パパは、最近よくそうこぼす。地域の付き合い、親戚付き合い、冠婚葬祭、地域の人足（そんなの東京の人は聞いたこともないかもしれない）。さまざまな、つながり、しがらみ。噂、周囲の目。

「土着」コミュニティはいつしか、少女時代のわたしにとって、自己実現の術のない、どうにかして抜け出したい、遠くへ追いやりたい、そういう鬱々とした場所になっていった。

## 田舎の優等生、金髪アフロのヒッピーとなる

予定調和どおり、地元の中学校からただひとり、一等の優等生が行く県立女子高校へ入学したわたしは、高校生活三年間をひたすら、とある名門合唱部の活動に費やした。

この部活動は、ハンパない。毎日四時に起き、パパママに車で最寄りの駅まで送ってもらい、

一両しかないディーゼルエンジンのローカル線、始発に揺られて四十分。駅に着くと、朝方の市街地を三十分歩き、七時前には朝練が始まる。昼休みも昼練。放課後も夜まで練習。その後勉強などし、平日帰宅するのは、夜の十一時ごろだった。この生活が、高校三年生の十月末まで続いた。まったく、パパママもよく送り迎えに付き合ったものである。

三年間ずっと、ほとんどすべての全国大会で一等賞であった。甲子園の強豪とかいうレベルの話ではない。一位が「当たり前」であることを要求された。

部活内の規律は厳しく、どこぞの将軍様のマスゲームも真っ青である（これは当時の話であり、現在はもっとリラックスした雰囲気で若人が頑張っている）。想像してみてほしい。百人の、古めかしい紺色のロングスカート、いまどきどこで買えるのかよくわからない白いソックス、黒いローファー、全員マスク着用、一言も発さない無言の女学生の隊列を。全国をコンクールで行脚《あんぎゃ》するその姿は、行く先々で戦慄《せんりつ》を与えたに違いない。なんたって部内のごあいさつは、四六時中「おはようございます」なのである。芸能界か。

この場でも、わたしの屈折は炸裂《さくれつ》する。いま思えば、何ともちゃちい、子どもっぽい反抗であった。しかし、わたしの反発癖、へそ曲がり癖は、ここで養われた。みんながAと言うならば、ほんとうはBなんじゃないの？　とひとり疑う癖が。

まずとにかく、白いソックスが嫌だった。ダサい制服はなんとか改造して、我慢。女子高生のわたしは、こんなもん履《は》くなら裸足《はだし》のほうがずっとましだと思った。そして、黒いタイツやソックスを履き始めた。

　当然、校則違反、部内の規律違反である。生徒指導の先生には怒鳴られ、部活の先輩からは白い目で見られ、同級生からは「やめて」と咎《とが》められる。しかし、わたしは確信していた。なぜ、靴下の色や髪の毛の色で怒鳴られなければならないのか。外見で人間を判断せよと言うのか。

「それが、校則だから」と先生も周囲も同じ答えを繰り返す。その答えが問いに対する回答になっていないことがわかるので、何を言われようが、好きな格好をした。勉強、部活はいたって真剣に取り組み、いたってクールに振る舞った。

　だって、エライ憲法学者の樋口陽一先生も、岩波新書の『自由と国家』で言ってるよ。

「ことがらの意味を問い直すことを禁じられたままあるルールに服するとき、それはタブーである。意味を問い直したうえであらためてそのルールに従うとき、それは規範としてうけ入れられることになる」って。

　小さな反抗は次第にエスカレートし、しまいには金髪、アフロ、フルメイク、黒タイツ、銀色の靴、金色のバッグを装着した、ヒッピー気取りができあがってしまう。わたしこそ、外見にこだわっていたわけだ。若さだなあ。

## ムーミン谷から、カルチェ・ラタンへ脱出計画

高校三年生の十月末まで部活動に打ち込めば、まともに大学受験には間に合わない。わたしは、どうしても、上智大学外国語学部のフランス語学科へ行きたかった。

十七歳だった二〇〇一年九月十一日、ニューヨークの同時多発テロ。東北の片田舎にいても、世界が、社会が変わっていくのを肌で感じた。しかもどうやら、暗く、嫌な気配のする方向へ。

ムーミン谷脱出計画を立てるうえで、アメリカ方面へ行くのはやめておいたほうがよさそうだと考えた。なんか、フランスがかっこいいこと言っているではないか。ソルボンヌ、グランゼコール、カルチェ・ラタン、ヌーベルヴァーグ、なんか、おしゃれではないか。ルソーとかデリダとか、なんか頭よさそうではないか。パリに行くしかない！

世界史と現代文は、センター試験レベルではほぼ満点がとれたが、問題は英語。上智の英語の入試レベルには、とても遠く及ばなかった。こうして、至極愚かしく、浅はかなるままに、一年間の浪人生活を経て、ワセダもケイオウも蹴って、ムーミン谷にバイバイし、四ツ谷はソフィアに意気揚揚と乗り込んだのであった。

## マドモワゼル、転向す

上智の外国語学部フランス語学科は、当時「イバラのフラ語」と呼ばれ、けっこうな人数が留年で落とされる、スパルタ的雰囲気が漂っていた。教授陣も、ベテランの強面《こわもて》揃いであった。アーベーセーも、アンドゥトゥワも知らず、のんきに田舎から出てきたわたしは、愕然とする。クラスの周囲は半分が帰国子女か、高校で「第二外国語」（なにそれ！）としてフランス語をすでに学んでいる。しかも、地方出身者は少ない。同期で東北出身者は、青森の子が他に一名しかいなかった。

大学生になったら自由奔放な生活が待っていると思いきや、大間違いである。毎日フランス語の宿題、しかも週の大半は一限からフランス語の授業で埋まっているうえ、語学のクラスは出席が厳しい。欠席が許されるのは、たいがい四回まで。フランス語のクラスでAやBを取ることは、信じられないほど、厳しい。試験期間など、わたしにとっては地獄であった。フランス語学科の科目全体で、アベレージ六十点を切ると自動的に留年が決定するのである。アデュー！　である。ええ、もー、必死ですよ。

そんななか、やっと中央線のラッシュ地獄と大学生活に慣れ始めた、大学一年生の、夏休み。運命を変える、とある出会い。

そのころわたしは、高校時代以来、樋口陽一先生のファンであった。先生はすでに上智を退官され、早稲田の法学部におられた。フランス憲法学の権威をアイドルのようにおっかける女子大生はかなり変だと思う。しかもひそかに早稲田の構内に忍び込み、同じエレベーターに乗ってひとり喜んだりするというストーキング行為をはたらく、相当異常な輩《やから》であった。その樋口先生の著書の、たった一節が、わたしの人生を変えてしまうことになる。

「それからビルマ——ミャンマーというのは軍事政権がそう名乗っているのです——私はあえてビルマと言いたい。……（中略）……選挙の結果を無視して居座っている軍事政権のビルマ、ラングーンを放っておいてはいけない」

「アジアの人権」について、夏季休暇中フィールドワークをして調査せよ、という課題付きの、とある通年の授業をひとつ取っていた。フィールドワークということは、どこかに行き直接誰かに会って話を聞いたりしなければならない。アジアね。うーん。じゃ、これにしてみようか。たんなる、直感と思いつきだった。

ビルマ（ミャンマー）は、東南アジアの最西端に位置し、アンダマン海、インド洋に面し、バングラデシュ、インド、中国、ラオス、タイと国境を交わしている。

東南アジアか。軍事政権、アウンサンスーチーね。Oui, oui.

わたしはそれまで、ビルマ人というものに、会ったこともなければ、見たこともなかった。

黒いのか、白いのか、どんな顔をしているのかすら想像もつかない。

インターネットで調べると、どうやら日本にも軍事政権の抑圧を逃れてきた「難民」がいて、NGOなども活動をしているらしい。しかもそのNGOの事務所、兼難民弁護士の事務所は四ツ谷にある。上智から徒歩五分である。早速、「ビルマ難民の方にインタビューしたいのですが」と不躾《ぶしつけ》なメールを送った。事務局の女性は、親切にも、丁寧に対応してくださった。ポーンさんという、ビルマ難民の男性を紹介してくれた。

ポーンさんの第一印象は、がっちりして、にこやかで、フレンドリーなアジア系のアラフォーさん。わたしは、四ツ谷の駅で彼と待ち合わせをし、大学の教室でインタビューをさせてもらった。それが、雪崩《なだれ》の始まりである。

彼へのインタビューは、わたしにとって、ショックそのものだった。ちょっとしたビッグバンである。

彼は一九八八年の民主化運動当時、学生グループのひとりとして、アウンサンスーチーさんのボディーガードをしていた。ビルマの首都（当時）ヤンゴンにあるインセイン刑務所に政治囚として投獄され、拷問《ごうもん》も受けていた。まずタイに逃れ、なんとか日本へ逃れ、難民申請をした経緯を、数時間かけて聞いた。言葉が出なかった。

彼のビルマでの経験、ビルマで起きている人権侵害そのものに対してもだが、それよりも、こんなひとが、裁判で国と争わないと「難民」として日本に滞在する許可をもらうことすらできないことに愕然とした。

彼の日常生活。月曜から土曜は、青果関係の工場で夜中働いて、日曜は民主化のための活動に奔走する。こんな人たちが、日本社会の中で底辺の労働者として働き、法的に冷たくあしらわれ、時には収容され、強制送還され、それを社会が認知することもない。なんということだ。ありえない。

## ビルマ女子、活動す

わたしはどうやら、思い立ったら一直線型の人間らしい。思いこみが激しい？　妄想が激しい？　主治医の先生には、よくそう言われる。そうなのかもしれない。

その日以来、わたしの頭の中はビルマ一色となってゆく。

まず、何かできることから始めたいと思った。ポーンさんの話を、もっとたくさんの人に聞いてほしい。講演会を開こう。

どうすればいいんだろう。まず、相談できそうな先生を探した。上智大学には、アジア文化研究所というところがあったが、調べてみるとビルマの専門家はいない。近いのは……インドネシアの先生がいる。村井吉敬《よしのり》教授。どんな人か知らないけど、とにかく、行ってみよう。こうしてわたしは、村井先生の当時の研究室のドアを、ノックして、しまったのである。

ああ、デスティニーの歯車は、どんどん回ってゆく。

その部屋は、煙草とコーヒーと古い本のにおいがして、雑然としていた。東南アジアからやって来たとおぼしき、怪しげな置物がごろごろ。そこには、優しそうな、おそらく若いころかなりのイケメンであったろう、不思議なたたずまいを放つ「村井先生」がいた。

「あなた、誰？　どうしました？」

「あの、ビルマについて、知りたいんです」

初対面のわたしの漠然とした質問に、眼をまっすぐ見て答え、話もちゃんと最後までゆっくり聞いてくださった。

次第に、頻繁に村井先生の研究室に出入りし、先生本人の魅力と、その周辺の摩訶《まか》不思議なアジアンアウトローな人びとの輪に加わるようになる。出会う先輩は、みな変な人たちばかり。なんだかみんな、見たことも聞いたこともない、東南アジアの辺境の変なところにばかり行っている。現地語を話す。しかも、とびきり楽しそうに。「ムライムラ」のコミュニティに、すっかり心地よくはまってしまったわたしがいた。

わたしは一年目にして早々と、フランス語学科で「違和感」を感じるようになってしまったのだ。確かに、フランス社会に学ぶものは多い。けれど、その「西欧」や「近代」、フランス人の勝手さ加減、割り切り加減に、どこか心の底でなじめなかった。なんていうか、本当はワラジに慣れた足に、無理やりハイヒールを履かせている感じ。本当はそういうふうになれないのに、無理して背伸びして、滑稽《こっけい》にスーツを着ている感じ。

東南アジアは、あったかくて、解放感にあふれていた。人びとが生きる暮らしの営みが、ムーミン谷の郷愁が、よみがえる。肩肘張って無理をしなくてもいい。日本で鬱々とする窮屈さが一気にひらけて、「見つけた！」と思った。

ここが、わたしの「居場所」だと。


程なく『ビルマ女子』とムライムラの周囲に命名され、大学四年間、寝食を削り、まるで活動家のように激務に自ら身を投じていった。講演会は何度運営したか、覚えていない。ビルマ人が多く住んでいる地域、高田馬場などに通い、在日ビルマ難民のインタビューを集めて回ることから始めた。彼らの家へお邪魔し、話を聞き、ごはんをご馳走になった。

日本に住んでいるビルマ人は、一万人くらいいる。そのうち、全員が民主化活動をしている難民であるわけではない。政府側の人もいれば、経済的事情で日本にやってきた人、留学生、さまざまなバックグラウンドのビルマ人がいる。複数の要素を抱えている人もいる。「ビルマ人」と一言でいっても、ビルマは多民族国家でもある。多くの少数民族の人びとがいる。事情は、複雑きわまるのだ。

難民申請している友人が入国管理局に収容されれば、品川や牛久《うしく》の「収容所」へ飛んで行った。面会時間はたったの十分。わたしは、弁護士でも行政書士でもない。ビルマ語もできないし、専門知識もない、ただの大学生だ。ビルマ本国に強制送還されれば、逮捕され、投獄される可能性が高い友人を、その状況から助け出すことはできない。ただ励ましたり、伝言をすることしかできない。それでも、とにかく見聞きするべきだと思った。この世の、この社会の、知り得るすべてを。

ＮＧＯのお手伝いをするようになり、やがて運営委員になり、事務局の雑用をさまざま引き受けた。なにせ、大学から徒歩五分である。徐々に、自然と、難民認定を求める裁判を傍聴に行ったり、国会議員へのロビイングに同行させてもらったりするようにもなった。テレビで見たことのある、国会議事堂。議員会館。外務省。議員の部屋や外務省なんて、普通に暮らしていれば入る機会なんてない。これが国会議員、これが議員秘書、これが官僚か。

はじめは緊張して、その場にいるだけで足が震えた。しかし人間、「こんなもんか」と思うと何でも慣れる。勉強だと思い、機会があれば、金魚のフンのように弁護士先生やビルマ人の後についてまわった。

マスコミの記者やフリージャーナリストの人たちの仕事っぷりに触れることも多くなり、そのシステム、ああこうやって世の中動いてるんだなと、なんだか二十代の冒頭にして、世を悟ったようなふりをしていた。ただ見てただけなのにね。ただ見るのと実際に仕事をやるのとでは、ほんとうは大違いなのである。それを思い知るのは、まだまだこれからだ。

## ついに最果ての地、激戦地のムーミン谷へ

日本社会の最果てを見ると、次は人間、世界の最果てを見てみたいと思うものである。

初めてタイ―ビルマ国境の難民キャンプに足を踏み入れたのは、大学二年生、二〇〇五年の夏。ちょうど、ムライムラの先輩が、タイのスマトラ島沖地震・津波の被災地を訪ねる旅を企画しており、わたしはそれに参加した後、ひとり国境地域へ向かうことになった。

小学生の時、何かの懸賞で当たってシンガポールへ行ったことはあったが、ツアーでない東南アジア個人旅行は初めてだった。初めてのタイ。ビクビクものである。まず成田空港の使い勝手からしてわからない。航空券と、ボーディングパスの違いも、チェックインの仕方もよくわからない。しかしどうにかバンコクはドーンムアン空港（旧国際空港）に到着、もう泣きべソをかきたくなった。

『地球の歩き方』を機内で読んで予習はしたものの、入国審査、荷物受取にも硬直。タクシーなんて、怖くてひとりで乗れない。どこで両替すればいいのかもわからない。暑い。喉《のど》がかわいたけど怖くて水も買えない。客引きみたいなタイ人がいっぱい声をかけてくる。先輩が迎えに来てくれるまで、本気でベソをかいていた。

タイの専門家の先輩と津波の被災地を十日間ほどまわり、タイの人びととの生活事情を一気に学習した。なにしろ、その後はひとりでやっていかねばならないのである。しかも、普通のタイ人も行かないような、国境地帯の辺鄙《へんぴ》な場所へ出向いて行くのである。生存のために、目に入るすべてを焼きつける。普通の人びとの金銭感覚。食事の頼み方、トイレの使い方、移動の仕方。

幸い、タイは適度にカネさえ持っていれば食うに困ることはないところである。普通の庶民が食べるものが、あれほど安価で美味しい国は、タイ以外になかなかないだろう。観光産業が発達しているので、コツを覚えれば移動手段にもまず困らない。ムラのおじさんおばさんと同じものを使い、同じものを食べる。タイの人は、外国人の扱いに慣れきっていて、いい意味で放っておいてくれる。まあ英語はあまり通じないが、『指さし会話帳』があればマイペンライ（大丈夫）。

ちょっといい加減で、フリーダムな、暑いムーミン谷みたいなものであった。疲れたら、マッサージへ行こう。たちまち、なじんだ。

先輩にバスターミナルまで送ってもらい、バンコクから片道六百バーツ（約千八百円）の夜行バスに乗り八時間。メーソットという、ビルマ国境に面した小さな街に辿り着いた。街はずれの河の対岸はもう、ミャーワディーという、ビルマの街だ。

わたしは「国境」というものを、この目で初めて見た。どこからどう見ても、ただの河である。子どもが泳ぎ、牛が悠々と渡っているではないか。ああいう牛は違法牛として誰かに牛取り締まりされ、強制牛送還されるのだろうか、なんてのんきなことを考える。しかしともかく、この境界を越えれば、別の国家であり、別世界なのだ。なんとも不思議な気持ちになった。国境ってほんとうに、人間が勝手にひいたイマジネーションの産物なんだ。

先輩の知り合いの、NGOを運営している在住日本人のお家に泊めていただき、難民キャンプへバイクで連れて行ってもらった。メーソットからは片道約一時間、タイ国内では最もアクセスが容易《たやす》い、約四万人の避難民が居住するメーラ難民キャンプ。

トウモロコシ畑が続く国道を延々と走り、人気のない山岳地帯に、突如として大きな「集落」が出現する。山の斜面に、竹と葉っぱで作った家が延々と立ち並び、避難民の人びとが身を寄せる。学校、病院、国際機関、NGO、さまざまな施設もおかれている。もちろん、施設と言ってもトタンやテントの「あばら家」みたいな、最低限のものであるが。

以来、大学が休みに入るごとに、行けるかぎり足を運んで、ひとりで歩いた。UNHCR（国連難民高等弁務官事務所）やNGOの知り合いのつてを頼り、タイ—ビルマ国境沿いに点在するキャンプを訪ね、避難民のインタビューを聞き書きしてまわる。

たいていの難民キャンプは非常にアクセスが悪い場所に設置されているため、特に雨季は行くだけで大変だ。最寄りの街から片道十八時間、ジープで何度もぬかるんだ山道にはまり、そのたびに車を押しながら行き来したこともある。タイ側だけでも、約十四万人もの避難民が流出している。少数民族の人びとの、軍事政権の国軍部隊に村を焼き討ちされ、襲撃され、殺戮《さつりく》された証言を、集めてまわる。

タイから中国の雲南省へ飛び、陸伝いでカチン州というビルマの北端の土地へ入ったこともある。このルートはたいていジャーナリストがゲリラに同行して入ったりするのだが、わたしはカチン女性の組織に協力してもらい、中国系の女性を装ってひそやかに「潜入」した。タイに通うようになって以来、現地で目立たないようにするため、髪をロングに伸ばし、メガネはやめてコンタクトレンズを着用するようになった。

もちろん、ビルマ大使館でビザを申請し、正式なルートでバンコクからヤンゴンへ飛行機で飛んだことも数回ある。初めてヤンゴンに降り立った時の感慨といったら！

ビルマの話は、いつかどこかで詳しく書ければいいなと思う。


ともかく、日本にいれば自宅のＰＣ前か事務所か集会か活動か、さもなくばタイ・ビルマに出ているか、そんな日々だった。上智に、ビルマ政治がご専門の現在の指導教授、根本敬先生も運よく異動してこられ、大学院に進学するのは自然の流れとなった。ますます、アクセルがかかった。ムーミン谷から孤独に東京へやってきた少女は、「居場所」を見つけて、それを守ろうと必死だった。

どこかで、無理をしていたのだと思う。それは、ビルマと出会っても出会わなくても、やってきたのかもしれないし、そうではないのかもしれない。「もし」の想定に意味がないことは、わたし自身がいちばんよく知っている。

やがて、「限界」、ピークがやってくる。

二〇〇七年九月の民主化蜂起と軍事政権による武力弾圧（ぜひ、『ビルマＶＪ』というアカデミー賞にもノミネートされたドキュメンタリー映画をご覧いただきたい）。その後の、巨大サイクロン『ナルギス』の被災と悲惨。ほんとうに、眠る時間もない日々が続いた。自分で自分の「仕事」をつくり、多忙にさせた。そして、そして。

第一章の、冒頭へ、わたしは突き進んでしまうのである。

この世の地獄とは、見るのと体感するとでは、大違いであった。

わたしは、これだけ見て歩いても、なにひとつとしてわかっていなかったのである。ただ頭でわかったようなつもりになっていただけだった。「難」は、タイやビルマに確かにあったが、それは所詮、他人事《ひとごと》であった。

すぐそこ、わたし自身に、ほんとうの「難」が、おとずれる。

第三章

# わたし、入院する
## 医療難民、オアシスへ辿り着く

死を免れる人間は、いない。どこにも、いない。
そのはずなんだけれども、いつも「死」について考えたり、自分がどんな病気になるか、どんな災難におそわれるか、そんなことばかり考えていたら、人間は不安で不安で何もできなくなる。そういうことばっかり考えてると、鬱々として太宰治みたいになっちゃうんだろうな。世の中みんなが太宰治だったら、とてもじゃないが社会は動かない。ていうか無理。だから人間は「死」をできるだけ意識せず、遠ざけて日々の日常を送っている。
人間は、自分の主観のなかでしか、自分の感覚の世界でしか、生きられない。他人の痛みや苦しみを想像することはできる。けれども、病の痛みや苦しみは、その人だけのものだ。どれだけ愛していても、大切でも、近くても、かわってあげることは、できない。わたしの痛みは、苦痛は、わたししか引き受けられない。

冒頭で「闘病記」ではない、と書いたとおり、病気のことばかりのつもりはないのだけれど、これを避けては通れない。ちょっと読むのがしんどい部分もあるかもしれない。若い人、健康な人、入院したこともない人、難病の人、持病がある人、歳を重ねている人、それぞれの経験、人生によって、受け取り方や「わかる」の度合いもすごく違うと思う。

なにせ、日本社会の「最果て」の淵《ふち》、絶望のパリコレ、難病ヒルズ族、アンクロワイアーブル！　カタストロフィーック！　な日々を綴るわけで。さて、気合いを入れよう。

## オアシスにて、宇宙の力に遭遇す

全身が腫れ、どこもかしこも触れられただけで針に刺されたような激痛が走り、手足は潰瘍だらけ、脂肪織炎だらけ、すべての関節がブリキになったように強烈に痛み軋《きし》み動かない、目は乾き腫れ、口の中は炎症で真っ赤、髪の毛も抜け、三十八度以上の熱も下がらず、齢《よわい》二十五にして、すっかり「石化」したわたくし。身動きするだけで、イターイ！　寝返りすら、ウテナーイ！　杖にすがるように腰を曲げ、足を引きずり、もはや無残で目も当てられない。

そんな状態で、二〇〇九年九月末、福島から東京駅に新幹線で到着し、タクシーで某大学付属病院へ辿り着いた。まず目に入ったのは、とっても古風な大きなレンガの門。門をくぐると、外からはまったくわからない、広い敷地の「異空間」がいきなり出現した。空襲で焼け残ったとしか思えない立派すぎる木が道の両側に立ち並び、その先に、これまたレトロな古いレンガ造りの建物が立ち並ぶ。いたるところ、やけに多様多種な植物がワサワサと植えられ、ミカンやらザクロやら、果実まで実っているではないか。

ガザガザガザッ！　と木立の背後で音がし、何かしらの動物の気配がし、ビビる。本当に都心？　オアシス？　なんじゃあここは。

タクシーから降りて、恐る恐るレンガの建物へ足を踏み入れ、まず思ったことは、「ヤバい、古すぎる」。完全に、文化財だよ。石造りだよ。時が止まってるよ。野口英世が聴診器を持って出てきそうである。

これまた小さく古いガラス戸の、受付窓口のお姉さんに、

「内科の〇〇先生から、お電話で、ここで先生の名前を伝えるようにと言われて来たのですが……」

すっかり病院不信に陥っていたわたしは、ビクビクしながら言う。

「そうですかー。では、病院棟の受付にこちらの書類をお出しくださいねー」

病院棟……。お姉さんに言われた通りの通路を通過し、さらに奥へと進むと、またしても別世界が！　なんだあ！　病院棟は、古めかしいレンガの奥に隠されていたのだ。きれいな新し

めのナウなビルではないか。はあ、病院がさっきの重要文化財、大正ロマンみたいなところだったら、本気で逃げようかと思った。

もう医者にかかるのはこれが最後だと、決死の覚悟で、切腹する前の武士のごとき神妙な面持ちで、待合室に腰掛ける。大学病院なのに、待っている患者さんもぜんぜん多くなくて、雰囲気はゆったりとしている。ここは、きっと難病の患者さんばかりなんだろう。入口の看板にもそんなことが書いてあった。上品そうなマダムがちらほらといて、フランス人と思《おぼ》しき欧米系の夫婦も座っている。脳裏には、ハーバード、ハーバード、ハーバード……。

「ハーイ、大野さーん！」

あの、電話口の、明るい声に、よ、呼ばれた！

息をするのも忘れ、身も心もカチンコチンになり、スライド式ドアを開ける。せ、切腹！

山手線飛び込み！

「ハーイ、あなたね、さっきお電話いただいたのね。福島から新幹線でひとりで来たの？あらーそれは大変だ。ハイハイお座りになって。で、えー、ハイハイ。紹介状ね、データね。まー可哀そうにねー。もういろいろ痛い検査してるのねー。ではっきりわからないんだねー。あれ、あなた上智なの。あらフランス語学科出身！　いやー他人事とは思えないなー。僕も娘がいるしねー。いやー、僕の妻も上智出身でねー、僕は会津の病院にときどき呼ばれてリウマチの診察に行ってて、いやー僕は会津が好きでねー、けっこう行くのを楽しみにしてて、いやー僕は生まれが紀州のほうだからなんというか東北の風景っていうものにこう憧れがあってねー、アメリカ暮らしも長かったから、ボストンが長かったよねー、ボストンはさあ、でまあうちの娘は…………（略）…………」

（二十分くらい経過）

「じゃ、入院しましょう。じっくりと検査してもらって。すばらしい気鋭の若手が診てくれるからね。（ここで内線電話を取り出し）あー、〇〇君？　ちょっと、いま来てくれる？　うん、入院する患者さん。可哀そうなのよー、ずっと診断がつかなかったみたいでねえ。病棟も案内してあげて。ハイハイ。じゃあ、入院で。空いてる？　四人部屋にしとく？　いや二人部屋？　ハイハイ」

プロフェッサーは、う、宇宙クラスに飛び抜けていらした。決死の覚悟はその宇宙の力の前に吹っ飛ばされ、わたしはぽかーんとしながら、「はあ、はい、はあ」と答え、入院が決定。

間もなく、プロフェッサーに呼び出された部下らしきトンガリ眼鏡の先生が、「ハイハイ、ご入院ですか」と、何らかの処置中飛んできたらしく、若干くたびれた感じで診察室にやってきた。このお方が、後述するハイパーお説教大臣、「パパ先生」である。

「じゃ、いろいろと準備もあるでしょうから、いったんお家へお帰りになって、二十八日から入院ということにしましょうか」

またなんとか身を引きずって新幹線で福島へ帰り、よく事態がわからずぼんやりしたまま両

親に、

「とりあえず、入院することになったみたい」

と伝え、手続き書類一式を渡す。ムーミンパパママは、

「こんな田舎からそんなすごいところに入院して、本当に大丈夫なのか。ちゃんと診てもらえるのか」

「実験材料にされるのではないか。ブタか何かと間違われているのではないか」

と、わたしに対しても病院に対しても失礼きわまる不安がり方をする。でもそのときわたしは、なんだか、これまで味わったことのない、不思議な温かい気持ちになっていた。あの先生は、宇宙級に飛び抜けているんだけど、とても優しく、まっすぐわたしの目を見て話してくれた。そういう先生は、初めてだったから。


プロフェッサーは、入院後もずっと、退院までの九か月間、みずからわたしの病室にひょっこり顔を出し、宇宙の力を炸裂させ、気にかけてくださった。冬にはゴム長靴とスキーウエアで過剰防備し、わざわざ高速バスで会津の病院へルンルンと出かけていったり、なんだか一か月の半分くらいアメリカ出張に行っていたり、フットワークの軽いこと。

ほんとうは「白い巨塔」でも当然な大先生なのに、偉ぶったり、権威ぶったりすることもない。超マイペースである。これがほんとに飛び抜けちゃってる人なのだ。宇宙プロフェッサーは、敬愛すべき名医、命の恩人である。

入院したことなどないので、キャリーケースに何を詰めたらいいのかもよくわからなかった。我が家は、パパもママもほとんど入院したことも大病したこともなく、病人としての心得を誰も持ち合わせておらず、あらゆることに「??」だった。健康保険、高額療養費、生命保険、差額ベッド代、食事療養費、電気代、テレビカード、病衣費、洗濯代……???

何がどうなってどれが保険外負担なのか、自己負担なのか、チンプンカンプン。お金が、月にいくらくらい必要なのかも、まったくわからない。十万円？　百万円？　一千万円？　病院の領収書、医療レセプト、診療報酬の仕組み、それらの読み方を理解できるようになるのは、だいぶ先の話だ。

とにかく死にそうなので、すべては後回しである。とりあえず、何日分かの服と、洗面用具と、本と、ノートパソコン。入院に必要な書類一式を準備して。二〇〇九年九月二十八日、オアシス619号室の「住人」となったのである。

「入院したことない」「病気したことない」という方。入院するって、いろいろこまごま、あるんですよ。かかるんです、お金がね。医療保険のセールスレディーじゃないけれど、備えておかなければまずいのだということを、わたしは入院してから初めて知った。

難病や持病がある患者さん、特に先天性や若年のうちに発症し、民間の共済や医療保険等に加入できず経済的負担に苦しんでいる人たちはたくさんいる。良心ある保険会社の方々、どうか御一考いただきたい。子どもは、病を自ら選んで生まれてくるわけではないのだ。もし自分の子どもが、家族が、その立場だったらどうだろうかと、考えてみてほしい。

わたしの619号室、二人部屋。治療のための医療費や食費とは関係なく、ファシリティのみにかかるお金は、差額ベッド代、一日二千六百二十五円。病衣は一日七十円、何回着替えても同じ金額らしい。下着やシャツの洗濯は、一回二百円。乾燥機は三十分百円。

部屋にあるのは、トイレ、洗面台、シャワー室、テレビ、冷蔵庫、見たこともないほどチョー幅が狭い設計ミスとしか思えないクローゼット、引き出し、読書灯。椅子、机。大きなガラス窓。そして、ベッド。

ここが、わたしが九か月間を過ごす、言語に絶するたたかいを繰り広げる、小さな「世界」のすべて。

幕は切って落とされた。ああ、大げさに言えば、ワーグナーのワルキューレがBGMに聞こえてくる……。この日から、わたしの人生は、変わる。

## 医療難民、手取り足取り、厚待遇に遭遇す

オアシスの病床数は、少ない。大学病院としてはかなり小規模と言ってよい。一フロアに男

女別の四人部屋は一つずつしかなく、二人部屋が九つ、個室がいくつか。フロアは清潔で、掃除がゆきとどいている。患者用のラウンジがあり、漫画や文庫が並ぶ本棚や電子レンジ、お湯の電気ポット、自由に使っていい机と椅子が並んでいる。ラウンジ、ここで韓流ドラマも真っ青な、大いなるわたし的激動劇が繰り広げられるわけであるが、それはまだまだ後の話である。大きなガラス窓から光が差し込み、明るすぎて眩《まぶ》しいほどだった。病院にありがちな、陰気な印象はなかった。

入院してすぐ、担当の看護師さんが二人ついて、設備の使い方や病院のルールなどを丁寧に説明してくれる。わたしの担当は、ベテラン「ダブルM」タッグ。ちょっと天然だが常に優しく働き者、頼りになるMさん。ナイチンゲールとしか言いようがない、患者の立場にひたすら添い、医師にも躊躇《ためら》わず物申す最年長のM姉さん。他の看護師さんたちもみな、不安そうなわたしを気遣い、こまめに様子を見に来てくれる。はあーなんていい人たちなんだと感激した。

そして、ステキなオジサマ管理栄養士さん（わたしは物腰が柔らかい眼鏡をかけたオジサマが大好物な女子だ！）が、信じがたく丁寧に、食事の嗜好やワガママを、きちんと病状、投薬に合わせて栄養指導しながら、可能な限り聞いてくれる。

オアシス（以降、この某大学付属病院＝オアシスと呼ぶことにする）のごはんは、たぶん、どこの病院よりも美味しい。豪華とかではなく、丁寧で、ちゃんと手作りの味がする。食器もプラスチックではなく、陶器だ。わたしが九か月の入院生活を耐えられたのも、三割くらいはこのごはんのおかげかもしれない。

わたしの「注文」は徐々に増えてゆき、退院前、最後には食事の調整事項が二十項目以上はあったと思う。よくぞ対応していただけたものである。朝はパンとか、コーンフレークにしてみたりとか、やっぱり今週だけ交互におかゆもとか、豆乳とか、マーガリンはなしでジャムのみとか、スプーンつきとか、一四〇〇キロカロリーとか、中性脂肪抑制とか、ツナ禁とか、サバ禁とか、アジ禁とか、カレイ禁とか、辛み禁とか、ごはん百グラムとか、漬け物がほしいとか、ふりかけがほしいとかとか……。さすがに、半年くらい経つと病院食には飽きがきたけれども。わたしはここの食事と管理栄養士さんに、病気と共存する食の術を学んだ。

このような厚待遇が、いわゆる「普通」の大学病院ではあり得ず、オアシスがなかば「異常」な場であることを知るのは、ずっと後になってからのことなのだが。ともかく、安全地帯に辿り着いた感じがした。

## 優しいクマ先生、お説教パパ先生、出現

患者と医師の出会いは、まあ、偶然である。わたしはその偶然のなかで、この世にあり得る選択肢の中で、最も幸運なクジをひいたと思う。この二人の先生がいなかったら、早晩、享年

二十五歳、チーン、だったわい。

わたしは、これまで生きてきた中で、わりとさまざまな場所で、多様な人びとに出会ってきたと思うのだが、この二人ほど「スゴイ」仕事をする人間を発見したことはない。フッー、できない。日本の難民弁護士がこの世の仕事のなかで最もハードな部類に入るかと思っていたが、上には上がいた……。

主治医のクマ先生は、九か月間ほぼ毎日、土日も祝日も、一日二、三回わたしの様子を見に来て、これ以上はない治療をしてくださった。休みは、なかった。わたしのほぼすべてに、付き合ってくれた。よくぞこのこんがらがった珍妙な女子の病態、うわ言に、根気強く耐えてくださったものである。

今でも、だいたい全部を、診て知っていてくれている（先生の寿命を軽く十年くらいは縮めたのではないかと思うこともある）。

あ、でも、冴えているのかいないのか微妙なギャグを繰り出してくるのと、激務がたたるのか見た目ちょっと貫禄があるので、本当は四十代なのに、わたしははじめ、てっきり五十歳オーバーかと思ってて……。あ、先生すいません。こんなこと書いたからって、わざと麻酔なしとかはなしですよ、先生お得意のブラックユーモアですよ、ほほ。

主治医の上司のパパ先生は、九か月間ほぼ毎日、わたしに平均約三十分〜二時間「お説教」をくらわせてくださった。ただでさえ難病で具合が非常に悪いのに、そのうえ毎日二時間も怒られるとは、なんたる悲劇！　レ・ミゼラーブル！　とその時は思ったものだ。

今になっていかにすごいことだったかが身にしみる。そんなに他人を叱れる人間が、この世にいるだろうか。膨大な事務処理、研究、教授職、外来、病棟管理、会議、超激務のうえで、わたしをかまってくださっていたわけである。

「そんな甘い考えで、この先、生きていけると思っているのか！」

「前に注意した！　自己管理ができてない！」

「治療する気がないなら、出ていけぇー！」

超「正論」を、バッティングマシーンのように容赦なく飛ばしてくる。とりあえず清く正しいので、反論できない。はい、おっしゃる通りで……。どこからその気力・体力がわいてくるのか。分けていただきたい。なんかもう、明治維新のような人である。ザ・根性である。

わたしは、ムーミン谷の優等生かつ現代っ子だったので、親にも他の大人にもほとんど叱られたことはない。要は、闘病ついでに甘っちょろい性根をたたきまくられたわけだ。今でもまだまだ、甘っちょろい初心者である（先生は、いつぞや、引退して自然の中で暖炉の前でくつろぎたいとおっしゃっていましたが、絶対に、一日半で飽きるであろうとわたしは個人的に思います。すぐに患者さんが気になって気になってしょうがなくなると思います）。

ちなみに、パパ先生の外来は、主にマダム層患者さんらが先生に叱られることを楽しみに通う、「ドM外来」と呼ばれている。わたしも最近は、定期的に先生に怒られないと、なんだかしっくりこなくなってしまった。

ここは、ただのオアシスではなかった。オアシスは表向きで、その実態は、大難病リーグ養成ギプス学校だったのだ。これだけ手厚くちゃぶ台をひっくり返していただき、千本ノックに打たれさせていただくと、申し訳なくてそう簡単には死ねない。このままだと、最終的に、ゴキブリのようにしぶとい女子となりゆくのかもしれない。


宇宙プロフェッサーの力により、切腹、飛び込みをとりあえず断念したわたしは、プロフェッサーが送りこんでくる「刺客《しかく》」がいったいどのようなお医者さんなのか、悶々《もんもん》と病室で横たわっていた。

さて、序曲。秋も深まりゆく空の下、検査地獄に、落ちてゆく。

まだまだ、診断もついてない。

第四章

# わたし、壊れる

## 難病女子、生き検査地獄へ落ちる

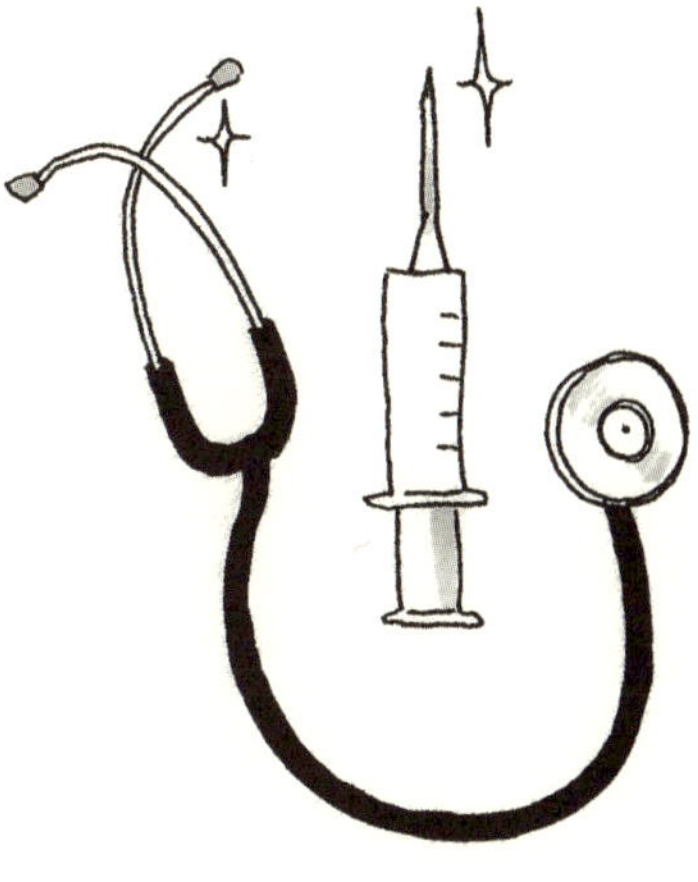

「い――――た――――い――――――――いたいいたいいたいいたいいたいいたい!!!」

二〇〇九年十一月初頭のある日。わたしは、オペ室で、麻酔なしで左腕の筋肉を切り取られながら、泣き叫び絶叫していた。ちなみに室内に流れているBGMは(意識があるオペだから、好きなCDをかけていいと言われた。意識がないほうがどんだけマシか)、忌野清志郎《いまわのきよしろう》の『毎日がブランニューデイ』である。

ここは都心のオアシスではない。東京の端っこ、郊外にある、とある特殊な病院である。建物はオンボロであり、水道やガス管の配管は剝き出しで、寒風吹きすさび、寂しい地方の公民館のような風情だ。敷地内は無駄にひらべったく、なんと外の「渡り廊下」を通って各病棟や検査施設へ移動する。はっきり言おう。ぼ、ぼろい。汚い。寒い。臭い。

いや、ぼろさや老朽化が根本的な問題なのではない。ここは、特殊な神経や筋肉の難病や、精神の病を持つ患者さんが全国から集まってくる場所だ。後述するが、長期療養病床、隔離病床、世にも稀なる凄まじき世界が繰り広げられる、日本社会の、本当の最果てのワンダーランド、異空間だ。なにゆえ、わたしはこんなところで二時間も麻酔なしで切られ続けているのか。キヨシロー、どうなってるんだYO!

## 優しいクマさん、来たる

話は、前章の末尾に戻る。二〇〇九年九月末、オアシスに辿り着き、宇宙プロフェッサーが送り込んできた「刺客」は、クマ先生であった。

わたくしの、主治医である。別にムサくもなく、休みなしの激務でも一応定期的に散髪に行っているようで、髭もこざっぱりしているし、それほどクマに似ているというわけではないのだが、眼鏡と顔のフォルムがまんまるいので、便宜上そう呼ぶことにしよう。

入院すると、宇宙プロフェッサーの部下にあたる二名の医師が治療の担当につきます、と看護師さんから説明を受けた。宇宙プロフェッサー（科長）→パパ先生（病棟長）→クマ先生（主治医）という三位一体《さんみいったい》トライアングルが、わたしを取り囲むのか。実際、治療を行うのは、最若手（とはいっても、立派な四十代ですが）のクマ先生である。入院初日最大のイベント、主治医とのご対面だ。

わたしはそのとき、一年間の医療難民放浪生活を経て、すっかり医者不信に陥っていた。まあ、当然である。「刺客」！　どんな先生なんだろうか。また「よくわかんない」とか言われたらどうすればいいのだろう。「福島にお帰りください」と言われたらどうすればいいのだろう。ムーミン谷のパパとママの言う通り、「ブタと間違われて実験材料」にされちゃうのかな。一年間、あらゆる病院をたらいまわされ、もう、さすがに疲れ果てた。もう、何もかも辛くて、痛くて、耐えられない。「この病院が最後」と決意して、ムーミン谷から身体をひきずってきたのだ。パパ、ママ、ごめんね。こんなことになるなんて、今まで考えたこともなかったよね。ここでだめだったら、大変申し訳ないけれど、終わりにします、マイライフ。やっぱり山手線じゃなくて、思い出深い中央線がいいかな。いや、人に迷惑をかけるのは悪い。こんなにうら若き女子なのに、首くくるのも見た目がばっちい。モンサント（超有名な農薬や種苗を売る多国籍企業）の遺伝子組み換え作物用除草剤「ラウンドアップ」ならいけるか。ごっくごっくと。遺伝子組み換え用ってどういう味なんだ。でもいかにも苦しそう。死ぬのも簡単じゃないよな、怖いな……。あ、遺影はどの写真がいいかな……ブツブツ……。

いたって不気味な妄想をふくらませながら、身体のすべてが痛み、固まり、身動きすらとれないなか、619号室のドアを「コンコン」と、ノックする音が聞こえた。来た！「刺客」！

「辛かったね、今までよく我慢したね。もう安心して大丈夫ですよ。必ずよくします」

クマ先生の顔を見て、第一声を聞いて、わたしの心は、ダムが決壊したみたいに、「信頼」の洪水でいっぱいになった。そんな優しい声で、目で、そんなこと言ってくれる医者は、どこにもいなかった。この人が、わたしの主治医になってくれるんだ。宇宙の「刺客」は、どうやら、とてもいい人のようだった。ラウンドアップで自決するのは、もうちょっと先延ばしにすることにした。

## オアシスにて、「優しい」検査地獄

入院生活はまず、詳細なインタビューから始まった。クマ先生、看護師さん、管理栄養士さん、それぞれに、発病からこれまでの詳しい経緯、家族・親族の病歴、育った環境、自分の性格、食べ物の嗜好、あらゆるバックグラウンドを話す。わたし自身入院したこともなく、パパママが大きな病気にかかったこともなく、とにかく、右も左もわけがわからない。「こういうものなのか」と、されるがまま、言われるがままである。

入院患者は優しくされて、食って寝ていればいいと思ったら大間違いだ。まずはじめの一か月間は、毎日、怒濤《どとう》の検査地獄が待っていた。スケジュールびっちり。

採血、採尿は毎週。手、足、胸、お腹、頭、全身のレントゲン。CTスキャン。心電図。エコー。まあ、この辺りは一般的だし、なんとかこなせる。看護師さんに車いすで介助され、検査室がある階へ連れて行ってもらい、ガッチガチのセメント状態、ほんの少し動かしただけ、圧迫しただけで身体中に激痛が走るのを我慢して、検査台に横になる。毎日こんなに被曝して、いったいぜんたい平気なのかと一抹《いちまつ》の不安がよぎるが、必要なのだから仕方ない。どうにせよ、治療しなければこのまま死んじゃうのだ。

クマ先生は毎日、朝、昼、晩と様子を見に来て、検査内容と結果を丁寧に説明してくれる。採血は必ず、自ら針を刺してくれる。わたしの血管は細くて、なかなか採血しづらい。採血や点滴を頻繁に繰り返すと、血管がどんどん痛んでゆき、さらに難しくなり、刺すところがなくなる。クマ先生は、もともとは小児科医だったらしい。小児科のお医者さんというのは、概してテクニカリーエクセレーント。内科医だけれど、外科的処置、技術もすばらしい。大概、なんでもこなす。技術的な面において、クマ先生に対して不安を抱いたことは、これまで一度もない。

この時期のクマ先生は、ただひたすら、毎日優しかった。

「更紗ちゃん、大変だと思うけれど、悪性腫瘍《しゅよう》の疑いもあるから、見逃すと取り返しがつかないからね。ちょっと徹底的に検査するけれど、頑張ろうね」

はいい。

## MRIブッダ攻略作戦

MRIが好きだという人は、相当の閉所愛好家か、大騒音フェチであろう。暗ーくせまーいトンネルに吸い込まれてゆき、道路工事のような大騒音が「ガガガガガビビビビビ」と脳天に響いてくる。

わたしは検査期間も含め、入院中三十回くらいMRIを撮影した気がするが、慣れるまではかなりの「修行」が必要だった。

はじめてMRIに臨むとき、看護師長さんから、

「大丈夫？　狭い所とか苦手じゃない？」

と尋ねられた。狭い所……たぶん、大丈夫、かも？

MRIなぞ実物を見たこともないので、意味がよくわからない。地下一階の施設へ、エレベーターで降りてゆく。いかにも地下施設的なたたずまいの人気のない廊下、分厚い厳重な自動扉……緊張感に満ちる。まるで秘密基地のようだ。身につけている金属類をすべて外し、放射線技師の男性二人がかりで担がれて、やっとこさ小さい検査台に横になる。いててて。そして、珍妙なヘッドギアみたいなものを装着され、身体を縛られ固定される。

「音楽流しますか？」

へ？　音楽？

「あ、はい、じゃあお願いします」

ヘッドフォンを渡された。耳には優雅なクラシック音楽が聞こえてくる。

「気分が悪くなったら、これを押してくださいね。四十五分くらい我慢してね」

ゴム製のプヨッとしたブザーみたいなものを手渡され、はあ、と息を吐く。

技師さんは別室の操作室へ「退避」する。ウイーンと、トンネルに吸い込まれていく。

……………………。

せ、狭！　身じろぐ隙間もない、鼻先が当たりそうなカプセルだ。これ、目を開けていたら、気が狂う。わたしは、ぎゅっと目をつぶった。


「ビ――――ガガガガガガガービビビビビビ――――」

クラシックもはや聞こえないし！　意味がないじゃん！　鼓膜が破れる！

ブザー、今すぐ押したい。でも途中で押したら検査中止だよね、やり直しだよね、同じことの繰り返しだよね。う、ううう。

初回の四十五分は、永遠の苦行のごとしであった。終了後は、汗びっしょり、身体じゅうがさらにひどく痛んだ。看護師長さんに後から聞いたところ、ＭＲＩは、精神的な圧迫感に耐えられず検査を受けられない患者さんもいるという。

以来、わたしは連日のＭＲＩ攻略法を必死に考えた。まず、一階の自動販売機でウレタン製のマイ耳栓をゲットし、防備。耳栓でちょっと騒音がましになった。

ちょうど、大学院でバングラデシュを研究している「ムライムラ」友達のＫ君が、かの大ヒット漫画『聖☆おにいさん』を差し入れてくれた。ブッダとキリストが立川で下界のヴァカンスとして同居生活を営むという、こうして文章化し説明しようとするとまったく意味不明のユーモアに満ちた漫画だ。

しかし、わたしはこれを読んでひらめいた。あの長時間の閉塞感《へいそく》と騒音に打ち勝つには、「わたしは、ブッダだ」作戦しかない。無我の境地だ。修行だ。何も考えてはならない。眠るように、無意識へ沈むのだ。以来、ＭＲＩ室へ臨むわたしは、かなりセイントな、生き仏たるたたずまいを心がけるようになった。

とは言っても、今でもＭＲＩは苦手です。あ、それと、あまりにも太ったひとは通常のＭＲＩの筒になかなか入らないと思います。文字通り、肉詰め。詰まっちゃいます。みなさん、過度の肥満にはくれぐれもご注意を。

## 乳、つぶされる

若い女子が、そんな身も蓋《ふた》もない、と思われるだろうが、現実、身も蓋もないのがマンモグラフィー、乳がんの検査である。仕方がないとはわかっていても、男性の放射線技師さんに思いっきり無い乳をひっぱられ、プレス機みたいなのではさまれて、押しつぶされるのは、とても痛いしいたたまれない。

「いでででで！」

とわたしが叫び訴えると、技師さんは「はい！　ごめん！」と操作室へダッシュし、最短撮影を心がけてくれるが……。

マンモグラフィー撮影後の、外科の先生の触診は、さらにビミョーな心持ちになってしまう。婦人科の検査もだが、やっぱり最初は衝撃的だ。


この頃から、次第に、わたしの身体感覚は麻痺《まひ》してくる。男性の看護師さんやお医者さんに、いちいち気を遣ったり遣われたりしていては、お互いに疲れてしまう。わたしの身体はモノなんだ、と心が自然にはたらく。それが良いことなのか、悪いことなのかはわからない。けれど、少しずつ、医療者に対して身体を晒《さら》すことや接触への抵抗を、〈女子〉的感覚を、消し去った。ま、これについては、今後いろいろあるんですけど。

## 水曜日はゴールデン院長回診

かの有名な山崎豊子原作のドラマ『白い巨塔』を観たことがあれば容易に想像がつくと思うが、いまだに、日本の大学病院ではあのような「回診」がおこなわれてるということを、わたしは入院して初めて知った。入院したのが月曜日。二日後の水曜日の朝、クマ先生、パパ先生がそろってやってきて、

「毎週水曜日の午前は、院長先生の回診だから。この部屋いちばん端っこだから、この619号室から始まるからね。部屋にいてね。まあ、大人しく寝ていればいいから」と言い残して去っていく。

初回の院長先生の回診は、衝撃そのものであった（ちなみに、わたしは優しい院長先生が大好きである。回診は、なんだかんだ浮世離れして楽しい側面もある。現在は院長職は辞され、臨床治療に専念されている）。看護師長、主治医、内科の先生方、薬剤師、研修医、いろんな人に囲まれて、とりあえずどう反応すべきなのかすらわからない。まず、院長先生の聴診器がゴールドであることに衝撃を受ける。どう見ても金、金だ。

なにそれ！　見たことない！　どこで売ってるんですか！　と尋ねたいが、とてもそんな軽口をたたける雰囲気ではない。なにしろ、白衣のプロフェッサー陣に取り囲まれているのだか

ら。

わたしの足をぐいっと触診なされ、

（院長先生）「意外と、マッスルけっこう残ってるねえ。ん？　これファットかな？　ファットが厚いねー」

（パパ先生）「そうなんです、ファットがかなり厚いんです」

（院長先生）「ファットがねえ。ファットがかなり厚いなあ」

……………。

「ファット」って、そんな、みんなの前でわざわざ何回も言わなくてもいいではないか。

割り切っているとはいえ、女子の心は、ちょびっと、いやけっこう、傷ついたのであった。

## 内視鏡のプロ、職人芸を目撃す

内視鏡の検査は、いたって苦しい。上から入れる胃カメラも、下から入れる大腸の検査も、どちらも大変である（いちばん苦しいのは肺の内視鏡らしいが、これはいまだ体験していない……ブルブル）。

まず、双方ともに、前夜の絶食から始まる。大腸の場合は、味のないポカリみたいな不味《まず》い下剤入り液体を二リットル飲み干し、消化器をすっからかんにしなければならない。胃カメラの場合は、喉にとろんとした麻酔を含んで、ペッと吐き出す。シュッとスプレーのような麻酔もする。胃の収縮を抑える筋肉注射を打ったりもする。そして、まあなんというか、「下手人」たる医師の上手い下手が、自分の「オエエ」「グエエ」具合で明確にわかる検査でもある。

オアシスには稀なる内視鏡の「名人」がいる、と院内の風のうわさで聞いていた。クマ先生に、「○○先生じゃなきゃ、イヤです」とワガママを言ってみる。すでに福島で経験済みなので、「名人」の胃カメラがどんなに上手なのかドキドキ期待するという、またしても異常な女子のミーハーさを発揮する。

オアシスの内視鏡検査室は、専門のナースがバイオハザードの防衛服のような風体でてきぱきと処置をし、患者のストレス・不安が最小限になるよう細心の注意が払われていた。内視鏡に限らず、看護師さんやお医者さんが「迷う」と、患者は不安になる。針を刺されたりメスで切られたりしながら「だ、大丈夫ですか？」とか不安そうに言われたら、やられているほうはたまらない。だ、大丈夫なわけ、ないじゃん。

医者は慎重でなくてはならないが、迷ってはダメなのだ。

内視鏡検査では、患者を「ほめる」ことが重要なんだということが、この時判明した。「名人」先生は、「ほめ上手」なのである。

「はーい、はー、はー、って声出してねー、オエッてすると余計に苦しいからねー」

「そうそう、とってもお上手ですよー、いいですよー、もうちょっとですよー、お上手」

苦しいことは苦しいのだが、終わった後の精神状態はぜんぜん違う。

「辛かった……」ではなく、「ふう、ひと仕事頑張れた」って感じ。

至極どうでもいい話ではあるが、また別の日に受けた大腸の内視鏡検査では、わたしの大腸は常人の一・五倍もの長さがあることがわかった。クマ先生は、

「更紗ちゃんは、腸がチョー長いねえ」

と、いつもの反応に困るジョークを、宙に飛ばしていた。

## 高級検査、PET-CTにお出かけ

すべての検査を列挙して逐一説明していると、なんだか人間ドック、がん検診の解説・心構えみたいになってしまいそうなので、あとは適当に省略して、印象深いものだけ思い出して挙げておこう。

PET-CT。これはオアシスに設備がないので、外部の病院に、クマ先生が予約を入れてくれた。

「この検査、自己負担額が高いんだけど……大丈夫?」

一つのたった一回の検査に、ウン万〜十万円くらいという値段を聞き、発病から一年以上医

療機関をさまよった娘の治療費、これからの入院費に窮乏するムーミン谷のパパママの顔が浮かび、かなり考えてしまう。で、でも、もし悪性腫瘍だったら、こ、困る。てゆうか死ぬ。

二十五歳の乙女の命には代えられない、とその時は思い、オアシスからタクシーでほど近い別の大学病院で、一日がかりで検査を受けた。

まず静脈注射で薬剤を注入し、時間を置いて、三十分くらいかけて撮影をする。また時間を置き、再撮影。疲れたけれど、MRIみたいに騒音がするわけではない。

しかし、日本の大病院は、とにかく混んでいる。この日も、PET-CTの検査に来ただけだが、人の多さ、待ち時間の長さ、受付・会計カウンターの慌ただしさに辟易《へきえき》し、ぐったりしてしまった。これでは、病院に通うだけで具合が悪くなってしまう。

ネームバリューのある病院ほど、患者が殺到する。マスコミに出ちゃったりなんかすると、当然、全国からわんさかいらっしゃってしまうのだ。患者は藁《わら》をもつかむ思いであるわけで、必死だ。「〇〇病院信仰」みたいなものもある。何事も、ザ・ブランド力。

大病院では、いろんなものがシステマティックに処理され、一人の医師が一日何十人と診察する。

例えば、日本の大学病院の総本山（あくまでも一般庶民としてのイメージだが）、東京大学医学部付属病院の一日の外来患者数が何人か、知っていますか？

だいたい、一日四千人くらい。わたしは、東大病院で一日何人の先生が外来診察をしているのかはわからないので、単純な想定の計算だが、百人の医師が診察をしているとしても、一人の医師が一日四十人。二百人の医師が診察していたとしても、一人の医師が一日二十人の患者を診察することになる。何時間も待って、いわゆる「五分間診療」問題が発生するのも必然というものだ。患者は当然疲弊するし、医師だって疲れ切ってしまう。この悪循環、どういたしましょうか。

## 恐怖、妄想のマルク

骨髄穿刺《こつずいせんし》（マルク）もしんどい。怖い。そもそもこの文字の体《てい》からして、恐怖感を煽られるではないか。要は、骨髄液を採取する検査である。白血病等をはじめとする血液疾患の患者さんは、定期的に受ける検査だ。

こう、「針」ではなく「釘」としか言いようのない、つまりはクギのついた巨大な注射を、一応局所麻酔をして、腰にぶすっと突っ込み、ゴリゴリと力任せに腰骨を突き刺し「ヒュッ」と骨髄液を採取するのだ。どうだい、想像するだに戦慄するであろう。

「マルク、やるよ」

とクマ先生に宣告され、大学院の先輩が厚意で貸してくださったe-mobileというすばらしい文明のツールを駆使し、難民キャンプでもビルマでも発病後のベッドサイドでもずっと一緒だった愛機Let's Note R7（最近、ついにお往きになられました……）で、「マルク」がいったいどのようなものなのか、ググる。恐れおののいたわたしは、通りかかる看護師さん全員に、

「マルク、怖い、マルク、怖い」

と目を見開き、看護服の袖をつかみ、連日繰り返し訴えた。

おかげで、マルクひとつに看護師長、看護師三名、クマ先生という大所帯態勢が組まれ、わたくしの頭から足先まで、我が619号室は完全に包囲されてしまった。

や、やられる。

パパ先生にもクマ先生にも、「情報過多の傾向」「妄想が激しい」「あまりネットやブログなど見るな、悪いようにしか書いてないんだから」と何度も言われたが、わたしは調べに調べ上げたうえでないと、治療も薬も恐ろしくて受け入れられないタイプなのだ。妄想が激しく、思い立ったら一直線なのは性分であるので、仕方がない。

「知らぬが仏」というひともいるだろうし、自分の身体のことなのだからできるかぎり情報を事前に得たいと思うひともいるだろう。欧米の病院などでは、入院患者が自由に使えるパソコンやインターネットが常備されているところも多いと聞く。患者が基本的な医学的リテラシーを学習できる施設や、図書館などが設置されている病院もあるようだ。

妄想が激しい現代っ子の女子患者としては、コソコソと自力でネットをつなげて、わけのわ

からない情報にふらふらさせられるよりも、はじめから患者がより正確な情報にアクセスできる環境をきちんと整えたほうが、医学的見地からも合理的であると思うのだが。日本の病院は大抵インターネットを使えないのが困っちゃうよね、いまどきね。タイの病院ですら、患者用のWi-Fiが設置されていた。せめて、無線ＬＡＮ環境くらいは導入してはどうだろうか。

さて、マルクの話である。頭の先から足の先まで、下手人五名に完全に押さえこまれたわたしは、もはやうわ言をわめくくらいしか、あらがう術はない。

「うううううぐうううううううううやだーやだー！」

ええ、まあ、同意書にサインはしましたよ。一応、「うん」と言いましたよ。けど怖いものは怖い。だってクギだよ、どう見ても。骨まで刺せないよ、そんなの。

「はーい、観念しなさい。更紗ちゃん、もう大人でしょ」

…………（ブスッ！）…………（ゴリゴリゴリッ）…………。

いくら局所麻酔をしているとはいえ、痛い。怖い。

処置してくれたのがクマ先生だからなんとか堪えたが、元来妄想過多、怖がりなわたしは、とてもじゃないけれど初対面のお医者さんだったら耐えられない。刺されるのも苦痛だが、あの、骨髄液を抜かれる「ヒュッ」という何とも言えない嫌な感覚……。

ぞーっ。ひえーっ。

## 送還される、その先は……!?

で、そんなこんなであっという間に怒濤の一か月が経過し、十月が終わろうとしていた。オアシスの庭の枯れ葉が落ち、冷たい風が吹きすさぶ。このあたりになってくると、当然、思うことは、

「で、何の病気……？」

というクエッションである。

悪性腫瘍らしきものは、幸い、発見されなかった。

クマ先生が次に打った手は……。

わたしは、オアシスに外部の病院から週に一度診察にいらしている、アメリカ帰り、スーパー東大的、世界的、神経内科のダンディ先生の診察室へ送り込まれた。ダンディ先生のご専門は、脳出血、脳梗塞《のうこうそく》などからくる麻痺などの疾患である。

シルバーグレーのお髭がステキなダンディ先生は、わたしのカルテを読み、分厚い医学書を片手に、謎のハンマーを取り出し、おもむろにわたしの手足をトントンとたたき、反応を確認しはじめた。

「なるほど……大変これは……うん……珍しい……判断が難しい……」

せ、世界のダンディをして「珍しい」と言わしめる奇病なのか。

「これは……うん……やはり筋肉……。僕が今考え得る、日本に数人の選択肢から……」

わたしはどうやら、何か特別な検査をするために「日本に数人」しかいないという筋肉の専門家のところへ、いったん送還されるらしい。

ほどなく、ダンディ先生とクマ先生との間で、決定がなされた。

「じゃ、ここ。行ってきてちょーだい」

一年の医療難民放浪生活、オアシスでの怒濤の検査一か月、次にいったい、何者がやってくるというのだ。指定された病院は、東京郊外、オアシスから車で小一時間離れている。まず一度外来で、ということになり、e-mobileをお借りした先輩に車を出していただき、一日外出許可を取り、朝食後に出発した。

## 超人キテレツ先生、現る

オアシスの宇宙プロフェッサーも、クマ先生も、パパ先生も、ダンディ先生も、みなそれぞれ希有《けう》な、スゴイ方々ばかりである。しかし、上には上の、上が、別次元が、存在した！

ムーミン谷でも、ビルマのカチン州の山林でも、インドネシアのパプアのマングローブ林でも、このようなひとは見たことがない。おそらく、かなりの、世界レベルの超絶トップを走っている。弱者に一二〇％身をささげ、病棟に骨を埋める、患者のことしか頭にない、稀なる過酷労働先生を、ついに発見してしまった。

その病院は、うす暗く、オンボロく、独特のオーラが建物全体から放たれていた。

クマ先生はわたしに、事前に何の説明もしなかった。最初、相変わらず死にそうに具合が悪いため、なんだかよく理解しないまま朦朧と「古い病院だなあ」くらいにしか思わなかった。指定された神経内科で受付を済ませ、ただじっと待つ。よく周囲を見回すと、隣のブロックは「小児神経科」と表示が出ている。こんなところに子どももいるんだな、とふと視線をそちらに向けた時。

わたしは、人間として、ほんとうに恥ずべきことに、内心、絶句した。

おそらく、頭蓋骨が先天的に変形していて、ヘッドギアのような装置を付け、電動車いすで目の前を通過していく男の子。

眼球が飛び出し、ベッド上に寝たきりで、人工呼吸器を付けながら移動してゆく女の子。

重度の障害、難病を抱えた、子どもたち。

わたしは、わたしは、わたしは。わたしは、ただ、その場に座り、見つめることしかできなかった。何も、言葉は思考として浮かばなかった。その意味を咀嚼《そしゃく》したり、理解できるようになるのは、まだまだ、ずっと、先のことで。

何時間かぼんやりと待って、突然、おもむろに呼ばれた。

「大野さん！」

ぼろいドアを開けると、カオスなデスクの上、無数の走り書きメモが書いてある付箋が何十枚と貼り巡らされ、書類が散乱している。椅子の上に座る人物も、見るからにカオス、キテレツ、何と形容すべきだろうか。

「うーんオアシスさんからいらしたのねなるほどこういうケースもあり得るのかないまえっと何時かなああ今からなら筋電図間に合うかなＣＴ撮ってもらうかなええと。ああごめんピッチがはいはいえーなにいますぐ二十分待ってもらって待てないのちょっと待ってこちらいるからうんえっと。

はいでは筋電図、えっと今日は間に合わないなあ時間ないよなあ、じゃあＣＴだけとりあえず撮ってきてくれますかおっと失礼電話がうんああそちらでもその会議はもう出られないからうん六時でいいかなじゃあはいごめんなさいねはいじゃあまたあとでお呼びしますね」

うっかり、一言も出せずただ茫然としてしまった。世界の最果て、秘境にも臆さぬ難民研究女子をして、な、何も突っ込むタイミングも隙もなかった。キテレツ先生の脳内が、コンピューターのようにカチカチ動いているのが、目に見えるようである。この人は、あれだ。かの『スター・ウォーズ』に登場する、早口ロボット、C‐3POだ。

CTを撮った。待った。

えっと、今、夜七時過ぎてる。

「あーお待たせしましたごめんね会議があと患者さんが。うーんやっぱりむずかしいけれど数値じゃ判断できないけど筋肉破壊されてる可能性はあるし筋電図と筋生検していいかな痛いけど。うーん問題は場所なんだよ切っても的外れじゃあ困るしねえ、じゃあええと膝の裏と二の腕とどっちがいいかな。ああ身体痛いんだよねじゃあうつぶせで切るのは大変だし痛いし危険だしなー、腕かなやっぱりねえ。出るといいんだけどねじゃあまあ向こうの先生と相談してちょっと入院してもらって検査ね、絶対という保証はないんだけど、どこまでやるかって難しいんだけど可能性としてはあり得るからとにかくやってみないとなんとも言えないしね、大変だと思うんだけど。

うーんでもいやいやあーこんな時間今日どうやって帰るの？　ええお友達に送ってきてもらってるの？　お友達に悪いね。ああーこんな時間、気をつけて戻ってくださいね」

筋電図？　筋生検？　それはいったい何者でしょうか？　入院て、いつからどのくらいするのでしょうか？　「⁇」だらけであるが、質問を一言も挟む間もなく、病院の会計のシャッターが閉じられてしまう。

えっと、今、八時過ぎてる。

オアシスに電話を入れると、今晩の夜勤、わたしの担当のM看護師さんが出た。

「あらま！　まだそっちにいるの！　そんなに時間かかったの！　ごはんはどうしたの！」

クマ先生も、心配で病棟で連絡を待ってくれていたらしい。電話口で、茫然自失のまま、

「だいじょうぶです、いまから、かえります」

とだけ伝える。こんな時間まで付き添ってくれた先輩が、オアシスへ送り届けてくれた。

今、十時。病院の消灯時間は、とっくに過ぎている。

「まーずいぶんと時間かかったねえ！　疲れたでしょ！」

待ってくれていた夜勤の看護師さん、Mさんのいつもの明るい声が、なんだか遠くに聞こえる。

わたしは、わたしは。

何も、何も、考えられない。わからない。全部が。

翌日。クマ先生は、キテレツ先生とお電話でお話し合いをしたらしい。

「あちらのベッドが空き次第、転院して、検査してもらおうね」

その数日後、十一月二日。わたしは。

寒風吹きすさぶ、神経内科病棟に、検査のため、転院。

その病棟は、外の寒い渡り廊下をずっと車いすで進み、右側に曲がると、ある。

自動ドアが開くと、無数の心電図のモニター、心拍数の音、人工呼吸器の音、あらゆる医療計器の轟音が、聞こえてくる。ごうごうごう、と。

今でも、聞こえる。昼も、夜も、ずっと鳴りつづける。誰かの、心臓と、呼吸の、轟音。

わたし以外の入院患者さんは、全員、寝たきりか、電動車いすだった。多くのひとが、ほぼずっと、ずっと、たぶん、ずっと、この病棟しか、行き場のないひとたちだった。住民票がここにある患者さんも、いた。小さな男の子も、いた。わたしはその子を、最後までまっすぐ見られなかった。病棟に足を踏み入れたわたしは、ひたすら、ただ、笑顔をつくって、向けた。ただ、心拍数のモニター音と、呼吸をしている音が、常にドアが開け放たれた各病室から聞こえる。廊下を歩くと、ふと、ベッドに横たわっている患者さんと、目線が合う。どんな、どんな、気持ちですか。何を、考えて、いますか。

わたしが入った四人部屋の病室には、夜になると、わたし以外の患者さんのために簡易トイレが運び込まれ、全員に心電図のモニターが付けられる。病棟内はどこもかしこも、すごい音と、においが、した。朝も、夜も、途切れることなく、ずっと。

初日、キテレツ先生の助手の若い医師が、病室で、他の患者さんのいる前で、わたしにこう言った。

「この人たちの疾患は、知的な部分まで及ぶものですので、あんまりまともに話の相手はしないほうがいいですよ」

わたしは。

転院三日目の朝、壊れた。

何も考えられないのに、涙が止まらなくなった。クマ先生に、泣きながら、電話した。

「せんせい、わたしは、つらい、です」

キテレツ先生の検査は、それはもう、凄かった。

ここが、この世の、最果て、かも。

第五章

# わたし、絶叫する

## 難病女子、この世の、最果てへ

二〇〇九年十一月冒頭。わたしは東京郊外の某特殊病院、長期療養病床と精神科隔離病床を兼ね備えたワンダーランド、「日本社会の最果て」に、検査のため一時的に送還された。転院のために、仕事を休み、福島のムーミン谷から片道六時間かけて車でやってきて、オアシスからワンダーランドの病棟にわたしを送り届けたパパは、

「更紗は、我慢強えべ……。オラはとても一日でもあだとこさいらんにな」

（標準語訳：「俺だったらとても一日でもあんな場所にはいられない」）

と、ママにこぼしていたらしい。

転院三日目の朝、さっそく、わたしは精神的に崩壊する。何もうまく話すことができず、ひ

たすら涙が止まらなくなった。朝、起きてすぐ。びゅうびゅう寒風吹きすさび、いちょうの落ち葉が舞い散る中、病棟外のベンチに座り、オアシスに電話をかけた。クマ先生を呼び出してもらい、今にも消え入りそうな声で、
「せんせい、わたしは、つらい、です」
としか言えなかった。

## 難病女子、隔離される

クマ先生は事態をすぐに把握したらしい。キテレツ先生に連絡を取ってくれて、病棟の看護師長さんが、「お話ししましょうね」と、やって来てくれた。

看護師長さんは、この病棟にふさわしい、人格者であった。

「驚いたでしょう。わたしたちも、心配していました。あなたは若いし、発病して日が浅い。一人だけ、この病棟で異質な存在だと自分でも思ったでしょう。突然ここへ来て、周囲の患者さんの様子を見て『自分もいつかこうなるのではないか』と、正直ショックだったのでしょう?」

「でもね、今すぐは無理だと思うけれど、ここでこういうふうにしか生きられない、それでも生きている患者さんがいることを、忘れないでね。今、あなたには、とにかく検査と筋生検を

乗り切ってほしい。いちばん端の一人部屋がたまたま空いています。そこへ移りましょう」

わたしは、端っこの、一人部屋へ、隔離されたのであった。な、情けなくも。

## キテレツ超電導電流地獄！

キテレツ先生は、日本で数人しかいない特殊な筋肉・神経系難病のプロであり、日本でトップを争う仕事中毒医師である。わたしが見たところ、ほとんどまともに家に帰っていないようであった。というか、病院内に生息している疑いがあった。

髪はボサボサ、シャツもズボンもクタクタ、白衣もハゲハゲである。神経内科の外来、病院の運営、病棟の管理、弱者たる患者さんを守ること、全部をしょって立ち、振る舞いも言動も完全にC－3PO化している。

「じゃ、今夜、外来が終わってから筋電図からやろうね！」

そう言い放ち、C－3POは立ち去って行った。わたしは、文明の機器、e-mobileでまたしても「筋電図」、いったいそれが何なのか、ググる。

…………………ヒイイイイ！

つまり、身体のあちこちの筋肉に電極のついた針をブスッと刺し、延々とグリグリされるのか！

そして、夜、外来終了後。車いすを持って颯爽と、キテレツ先生がわたしを連れ去りにやってきた。わたしにとっては、地獄への誘拐犯である。しかも、今、夜七時過ぎなんですけど……。

「ハーイ、じゃ、行くよ！」

外の渡り廊下を、車いすを小走りで押されつつ、びゅうびゅうと寒ーい風に二人で吹かれ、検査室のある建物へ、拉致《らち》される。

夜のオンボロ病院ほど、不気味なものはない。暗い廊下、点滅する非常口ランプ、ふいに聞こえてくる物音……。恐怖感はいっそう煽られる。妄想過多、怖がり現代っ子女子たるわたしの緊張は、ＭＡＸ！　今すぐ逃げ出したい！　しかし車いすから自力で立ち上がれないので、逃走する術もない。

ついに、謎めいた見慣れない電子機器、電極らしきものが散乱する小部屋に、到着した。ここが、恐怖の検査室である。ビルマの民主化運動家、政治囚が刑務所で受ける拷問を、思わず連想する。ご、拷問部屋！

謎の古ぼけたマシーンの横のベッドに、ボロボロの身体を横たえた。キテレツ先生が、電極のついた針を、シャキーンと構える。

「じゃ、いくよ！　痛いけどごめん！　しばらく我慢して！」

…………………（ブスッ）…………………（グリグリ）……………………!!!!

「いでででで！　いたいよーいたいよー！」

筋肉まで針を刺してグリグリするのだから、そりゃ直球で痛い。

「いたーいいたーい」

延々とわたしは泣き叫び、キテレツ先生は延々と身体のあちこちにブスブスグリグリし、

「うーんごめんごめん、うーん痛いかーごめん、うーんでももうちょっと、うーんもうちょっといいグラフが……。うーんこっちも。うーんもうちょっと」

結局一時間近く、かかった。刺されっぱなし。病棟に先生と車いすでビューンと戻ったときには、夜九時を過ぎていた。まず、これが二日間続いたのである。


そして、そして。さらなる電流地獄が待っていた。神経伝導検査である。また、またしても、

「じゃ、今夜外来が終わってからやろうね！」

と言い、キテレツ先生は去ってゆく……。世の中って、無常なんだな………。

夜、八時（！）。車いすで、C－3POに拉致される。

手の指や、足の指、腕、腿などに電極を装着し、「バチッ！」と電流を流し、その伝達速度を計測する検査らしいが……そんなことはもはやどうでもいい。これを「拷問」と言わずして、なんと言おうか。とにかく、電流をバチバチ、一時間も二時間も、身体に流され続けるのであ

る。静電気の超強力なやつを。痛い！　死ぬわ！

キテレツ先生は、スーパー東大卒の、相当の凝り性と粘り強さを兼ね備えた、研究熱心なお方である。

「うーんうーん痛いねー」と言いつつ、

「いやーうーん、もうちょっといいデータがほしいなー、うーん、ここもやっといたほうがいいよなーうーん」

検査においても相当の粘り強さを発揮する。

この日、病棟のベッドへ戻ったのは、夜の十一時であった。

この検査も、またしても二日間連続で、おこなわれたのである。すっかり、廃人となりゆく。

ビルマの政治囚って、えらいよな…………。

## 絶叫！　阿鼻叫喚！　麻酔なしオペ！

ふっ、まだまだ、こんなの、序の口なのだ。この転院検査の「本番」は、「筋生検」である。

当時の愛機、Let's Note R7が表示した検索結果によると、それは、どういうことか想像もつかぬ、この世のものとも思えぬ、信じがたい検査であった。

ま、麻酔なしで、筋肉を、切り取る手術！

どうやら、麻酔をかけると筋肉組織が変質してしまうので、顕微鏡で筋肉の炎症の状態を調べるためには仕方ないらしいが……。

手術の当日、当時小平市の長屋でシェア同居していたMちゃんが、両親の代わりに付き添ってくれた。手術中、二時間、ずっと手術室の前で待っていてくれた。本当に、どうも、ありがとう。この場を借りて。

「意識のあるオペだから、好きなCDをかけていいですよ」

と、前日にオペ内容の詳しい説明を受けながら、オペ室専門の看護師さんに言われる。そういえば、かの有名メリケンドラマ「ER」でも、外科医がオペ中に音楽を流すシーンがあったような気がする。ちょっと考えて、忌野清志郎のアルバム『夢助』をTSUTAYAでレンタルしてきてもらった。

オペ前夜、不安で不安で、眠れるわけもない。睡眠薬も効かない。轟々と、病棟に響きわたる心電図のモニター音や人工呼吸器の音を、ただ、ぼんやりと聞く。夜中三時、キテレツ先生の声が、ナースステーションから聞こえてくる。やっぱり、先生は病院に生息してるんだ……。それで明日の朝、わたしの筋肉を切り取るんだ……。もはや、すがるものはキヨシローくらいしかない。

運命の朝が、やってきた。早朝から準備が始まる。手術着に着替え、点滴の留置針を腕に刺し、看護師さんたちに囲まれ、ストレッチャーに乗せられる。うう、手術だ。本物の手術だ。しかも麻酔がない。どゆこと？　なんで？　いまさら何を言おうが、時すでに遅しである。オペ室の自動ドアが開き、キヨシローのＣＤを看護師さんに渡し、搬入される。もうだめだ。まな板の上の、鯉だ。

キテレツ先生が、わたしの左腕、二の腕部分に、表面だけの局所麻酔をする。麻酔の注射だって、立派に痛い。そして、メスが、入る…………。

切られているのが、はっきりわかる。局所麻酔程度で、炎症している肉を切られる痛みが和らぐはずもない。はい、続いてキヨシローのＢＧＭが流れはじめる。

Hey　Hey　Hey　どうなってるんだよー♪

Hey　Hey　Hey　麻酔なしかよー♪

「ぎゃあああああああいたーいーいたい――――――――」

阿鼻叫喚、絶叫するほかに、何ができるというのだ。

キテレツ先生は、日本で数人しかいない、筋生検のスペシャリストでもある。慎重かつ、粘り強く、熱心である。神経や血管を避けながら、じっくり、じっくり、切り進める。

次第に、気が遠くなってくる。いっそ、気絶したい。

「いたいいたいいたいーいたいーやめろーもうやめろーかえるーおうちかえるー」

と泣き叫びながらも、次第に順応してくるのが、人間の奇妙なところである。

五分に一回くらい、至極冷静に、

「ところで、先生。まだですか」

と聞いてみる。

「うん、まだ。もうちょっと、もうちょっと」

で、また、

「いたいいいいいいいいはなせえええええやめろおおおおお」

と絶叫大会、再開。

結局、予定時刻を大幅にオーバーして、二時間、切られ続けたのであった。

合掌。

## ワンダーランドの思ひ出

壮絶な地獄のごとき十日間の検査転院の日々であったが、この頃のわたしは、まだ病名もついておらず、その後やってくる、さらなる上の、上の、上の、ハイパー地獄の難病治療の過酷さも、難病「特定疾患」の制度のなんたるかも、ステロイドのなんたるかも、障害や医療制度のなんたるかも、とにかくあらゆる「現実」のすべてを、何もわかっていなかった。

突然、難病ヒルズに上京してきた、おのぼりさん状態である。それゆえ、これだけ酷い目にあっても、精神状態は、深刻な「鬱」にまでは至っていなかった。いや、もちろん、相当弱ってはいたが。

今思えば、あの病院は、わたしにいろんな大事なことを教えてくれた。重度の障害や、難病、あるいは精神疾患を抱えた人たちが、日本社会の中で、どういう扱いを受けているか。「現実」とは「矛盾」とは、何か。弱者にされるとは、どういうことか。研究室にいくら籠《こも》っていようが、一生、実感として学ぶことはなかっただろう。

正直な気持ちを言えば、あの壮絶な環境をどうやって、誰も傷つけないように書けばいいのか、伝えればいいのか、わたしにはわからない。わたしは、患者さんやご家族を、傷つけたくない。何よりも、いちばん。

ごはんは、とてもマズイと思った。わたしはほとんど手がつけられなかった。朝ごはんはだいたいほぼ決まっている。おいしくないごはんとお味噌汁。冷めた、何か青菜のおひたし。それと、チクワの煮たのとか、ツナ缶煮たのとかがついていた。ほぼ全員の患者さんが電動車いすを使用しており、食事に介助が必要だ。にもかかわらず絶対的なスタッフの人手不足のため、寝たきり以外の患者さんは全員食堂に集まり、いっせいに並んで食べる。

建物はとにかく汚い、ボロイ。病院なのに、空調がポンコツで、病室の暖房ボイラーからはカビ臭い温風が出てきた。病室も、ベッドも、テレビも、窓も、天井も、何もかも、ボロイ。トイレはウォシュレット付きだけれど、ドアはなくて、電動車いすの介助をしやすくするためだと思うがカーテンで仕切られていた。男女の境界も、ない。夜になると、夜勤の看護師さんは二、三人しかいなくなるので、簡易トイレが全員のベッドの横に置かれる。

シャワーは、週に二回と決まっている。三、四人ずつのグループに分けられ、古い銭湯のようなシャワー場で、まとまって順番に介助されながら入る。洗面所も共同で、あちこちに歯ブラシや入れ歯が置いてあった。

ナースステーションの正面には、患者の心電図のモニターが設置されていた。看護師さんが、各部屋を巡回する余裕がないからだ。人手が足りないのだ、とにかく。ナースコールは、常に鳴りつづけている。なにゆえ、ナースコールの呼び出し音が『エリーゼのために』なのか意味不明だが、二十四時間、延々と途切れなく鳴り続ける。頭がおかしくなりそうだった。一人一人の、心臓の、音。ピ、ピ、ピ、という、電子音。人工呼吸器や吸引機の、音。すごい、すごい轟音が、病棟に鳴り響く。轟々と。

汚物や、アルコールや、いろんなものの、におい。食べる時も、病室にいても、どこにいても、すごいにおいがした。

他の患者さんとは、誰とも、何も話せなかった。患者さん同士がお喋りをしているのを聞いた時も、何を言っているのかも、よくわからなかった。何と語りかけていいのか、何を言うべきなのか、その時のわたしには、わからなかった。

わたしは、当時、「早く、オアシスに帰りたい」と、ただひたすら思った。「ここは地獄だ」と思った。口にも出した。ほんとうに、恥ずべき、情けない態度だった。

## オアシスへ帰還、ついに、病名つく

わたしがあまりにも死にそうな声で電話をかけたがために、オアシスのスタッフの方々は、わたしがすっかり廃人になっているのではないかと心配していたらしい。クマ先生と看護師長さんのはからいで、６１９号室へ、そのまま戻ることができた。

「よく耐えたね、更紗ちゃんでなかったら、耐えきれなかったと思うよ」

優しい、優しいクマ先生の声に、心底、安心した。

数日後、キテレツ先生は、わたしの地獄の検査結果をもとに「東京都難病医療費等助成制度」、通称「特定疾患」の認定を受けるための書類を、作成してくださった。

「特定疾患」？

か。

「難病」のなかにも、「難病」でない難病と、「難病」になる難病があることを、ご存知だろうか。

クマ先生・パパ先生が下した診断は、二つの疾病の、併発。

〈皮膚筋炎〉

〈Fasciitis-panniculitis syndrome（筋膜炎脂肪織炎症候群）〉

皮膚筋炎は、東京都が認定する「難病医療費等助成制度」に該当している。この制度に申請すると「医療券」が発行される。一医療機関に対する保険診療費ぶんの自己負担限度額が一定額になり、医療費の負担がある程度軽減される。

だが、差額ベッド代などの自己負担費用や、たとえ薬の副作用や原病によるものだったとしても、歯科や眼科、その他合併症等の疾病の診療にかかる医療費には、適用されない。つまり、オアシスでもお金はかかるし、オアシス以外の病院に行く時は、実質この「医療券」は使えない。とにかく、お金が、かかります。とっても。

アンビリーバボーなことに、「難病医療費等助成制度」に該当すれば、まだまし、とすら先生たちに言われた。希少な、患者数が少ない難病や、逆に人数が多すぎる難病の患者さんは、この制度すら使えない。どのくらい病状が重いとか、どのくらい苦しいとかは、まったく関係ないのである。

いくら、一応国民皆保険制度が存在していて、一定額以上の高額療養費払い戻し制度があるとはいえ、病院の窓口の会計で支払うための、月々何十万、何百万という現金を、一生用意し続けなければならない。それって、相当のお金持ちでないかぎり、ほぼ、死刑宣告のような状況になり得るのではないだろうか。

秋が終わり、冬がやってこようとしていた。

寒い、寒い、冬の季節が。

ここまでは、たんなる「検査」である。発病から約一年、やっとこさ、診断がついた。

まだまだまだまだ、こんなの、序曲に過ぎない。

「難」は、これからなので、ございますよ。

「冬」が、絶望が、やってくる。

**第六章**

# わたし、瀕死です

## うら若き女子、ご危篤となる

「せ……せ……ん……せ……い……」

クマ先生の顔が、ぼんやりと、見える。目が、まぶたが閉じられない。眼球が乾いて、なんにも、よく見えないよ、せんせい。

身体じゅうの痙攣《けいれん》が、震えが、止まらない。副交感神経が暴走して、動悸も、止まらない。眠ることすら、できない。動けない。トイレにも、行けない。

もう、この状態で、何日、たったの？　いま、いったい、何日の、何時、ですか？

「正気」なのに、言葉が、出せない。話すことが、できない。

せんせい、何が起きてるんですか。どうしてこうなったんですか。わたしどうなっちゃうん

ですか。ずっと、このまま、なんですか。

クマ先生に聞きたいことは、感情は、山ほど溢れ出すのに、言葉が、出せない。せんせい、わたし。死なせて、もらえませんか。


もう、耐えられ、ない。

## 申請書類激戦ライフ、スタート

いったいぜんたい、何が起こったというのか。なにゆえ、難病女子は、突如として瀕死の状態に陥ったのか。

二〇〇九年十一月なかば、地獄の検査の日々が一段落し、キテレツ先生のご尽力により、パパ先生とクマ先生による診断が下され、二つの病名がついた。

〈皮膚筋炎〉

〈Fasciitis-panniculitis syndrome（筋膜炎脂肪織炎症候群）〉

病名が確定して、わたしはまず「難病医療費等助成制度」の申請に必要な膨大な書類をそろえることに、一汗かかなければならなかった。ともかく、この制度の申請をしなければ、この先、毎月何十万円もの医療費の支払いを続けることになる。それは、不可能だ。

当時居住していた小平市の健康課に問い合わせ、申請書類一式と、必要書類のリストを病室宛てに郵送してもらった。

以下、そのままである。

1　難病医療費等助成申請書兼同意書
2　臨床調査個人票
3　住民票
4　世帯調書
5　健康保険証のコピー
6　生計中心者の所得状況を証明する書類
7　保険者からの情報提供にかかる同意書
8　申請者の保険者の所得区分確認に必要な書類（住民税非課税証明書）
9　臨床個人調査票に添付が必要な書類（筋電図のコピー、筋の病理診断コピー）

ただでさえ死にそうに具合が悪い中、病人が用意するには酷すぎるとしか思えないリストを見て、くらくらと頭痛がしてきたが、東京都さまから必要と言われているのだから、用意するほか、患者に選択肢はない。

小平市の前には台東区に居住していたので（わたしは、寅さん、唐獅子牡丹、兵隊やくざ、大菩薩峠をこよなく愛する、昭和大好物な女子だ！）、前年度の非課税証明書はわざわざ台東区役所まで取りに行かねばならなかった。さらに、都心のオアシスから小平市役所まで行き来するのは、ほぼ不可能である。委任状を何枚も書き、盟友Mちゃんにお願いし、何度も何度も役所へ行ってもらった。

臨床調査個人票と、恐怖の筋電図・筋生検のコピーは、キテレツ先生が劇的な過酷労働の中、アズ・スーン・アズ・ポーッシブルで作成してくださった。ありがたい限りである。

オアシスの欠点は、患者が使えるコピー機が、院内の敷地内に存在しないということである。これは患者にとって大問題だ。難病患者は必然的に書類の山に埋もれるのにもかかわらず、コピー一枚取るのにわざわざ外出許可を取るか、自力で動けない場合は誰かに来てもらい頼むかして、五百メートル離れたコンビニまでゆかねばならないのだ。

院長先生、オアシスがいかにビンボーで良心的で赤字かは十分わかってるんですが、コピー機、病棟に一台導入お願いします、ほんとに。

Mちゃんの大活躍により、十一月中に申請を済ませ、十二月から有効の「医療券」が、一月ぐらいに郵送で送られてきた。

一つの医療機関に対して、その疾患に関わる保険診療の医療費に対してのみ、月々の自己負担の上限が設定される。前述したが、眼科や歯科、婦人科その他には、たとえ本当は原病と関係があっても、服用している薬の副作用が原因であっても、「医学的」に証明できなければ、この医療券は使えない。まあつまり、オアシス以外では使えない。普通の人と同じように、三割自己負担で、治療を受けなければならない。

一昔前までは、月々の保険診療ぶんの自己負担額は一律定額だったらしい。ところがどっこい、ゼロ年代の「改革」の荒波のなかで、突然いろいろ規定が細かくなり、自己負担額がひとによっては上がっちゃったのよ、ほんとに大変よ、と同じ病棟に入院していた難病ベテランマダムが教えてくれた。

申請中、病院の会計は、一時的に合算をストップさせていただいた。医療券を受給する前は、毎月三十万円以上はかかっていた。医療券が発行された十二月以後、月々の入院にかかる費用は、自己負担額と差額ベッド代等の諸経費合わせ、だいたい十三万円くらいになった。それでも、大いなる頭痛の種である。

これ以後、野生のジャングルのような複雑怪奇な日本の社会福祉制度、膨大な書類の山、生存するための行政手続きとの戦闘は、ランボー顔負けにますます激化していく一方なのだが、それはまた、後々。

## 妄想女子、「ステロイド」に誇大妄想を抱く

さて、十一月なかば、書類云々とともに「治療」が早速開始されることとなった。宇宙プロフェッサー、パパ先生、クマ先生、みなみなさま一様に、「ステロイドね」「ステロイドがね」とおっしゃられる。

「ステロイド」……………はあ。なんかこう、あれですか、アトピーとかの人が、肌に塗ってる薬でしょうか。それを、飲むわけで。はあ。

わたしは、難病患者として「赤ちゃん」の段階である。「ステロイド」と言われても、何なのかサッパリサッパリである。クマ先生お得意のハイテク新素材療法（クマ先生は、ことあるごとに倉庫をごそごそと、一生懸命捜索してきてくれる）、テガダーム、ハイドロコロイド（人工皮膚）をボッコボコに潰瘍の穴が開いた手に貼ってもらいつつ、ガビガビに乾いて腫れた目に人工涙液を点眼しつつ、看護師さんから渡された「ステロイドを使用される患者さんへ」というプリントを読む。

………………………。

ビルマ女子時代に鍛えた読解力をもってすると、「ステロイド」というのは、人間の「副腎」というちっちゃな臓器が出す、「副腎皮質ホルモン」を人工的に合成した薬である、らしいことがわかった。

人間は、毎日五ミリグラムぐらいずつ体内で分泌されるこのホルモンによって、ストレスや苦痛に耐えている。「炎症」と「免疫の暴走」を抑えこむ、自己免疫疾患にとって欠かせない対処療法の命綱だ。要は、「難病」を「治す」すべはないので、このわたし自身を攻撃しているわたし自身の免疫を、力ずくで押し込めるわけである。

クマ先生は、かつて、

「ステロイドは『魔法の薬』だけど、『天使と悪魔』なんだよね」

とわたしに語った。そう、こやつは、全身を蝕《むしば》む「悪魔」でもあるのだ。


代償は、重い。免疫力の低下、ありとあらゆる感染症罹患リスクの上昇、糖尿病、消化性潰瘍、骨粗鬆症、骨壊死《こつえし》、高脂血症、白内障、緑内障、精神変調、ムーンフェイス、筋力低下、動脈硬化、皮膚薄弱化、皮下組織の弱化、悪性腫瘍、間質性肺炎、あまりずらずらと並べ立てても仕方がないが、その他きりはない。つまりは、頭の先からつま先まで、全身を「喰い」、その代償として、炎症を抑え込んでくださるわけだ。まったく、ごくろうさんです。

ヘンな意味で恐れおののいた副作用には、「多毛症」というやつもある。たもうしょう！　うら若き女子にとって、おののくことききわまりない副作用である。わたしに、すね毛が生えてくるのか？　はたまた、ヒゲ閣下となりゆくのか？　カタストロフィーック！

妄想過多、情報過多、例によって e-mobile を駆使し、どうでもいいものから死に至るものまで、大小恐ろしい副作用体験の数々を目にしたわたしは、ガクガクブルブル状態である。

「全国膠原病友の会」という患者団体にも早速入会申し込みをさせていただき、送られてきた月報や資料、諸先輩患者さんの体験談、データ等を読む。

……………。

人生って、無常だな…………。

## ドッキドキ、初恋告白五秒前、が止まらない！

それでもここまで来たからには、というか死なないためには、流れに任せて飲むしかなかった。わたしがこの段階で知っていたのは、「文字」としての副作用であり、それらが実際、どんな感じがするものなのか、どう苦しいのかなど、想像もつかない。

十一月十七日。「プレドニン」（ステロイドの薬の名前）、一日六十ミリグラムの経口投与、開始。ステロイド治療の原理原則は、「ドカッと投与、次第に減量」である。何故か。ダラダラと少量から増量したり、中途半端な投与を続けると、効果がだんだんなくなってきて、副作用だけが残され、治療薬として使えなくなってしまうからだ。半端な使い方は「タブー」なのである。

よって、わたしも教科書通り、体重一キロに対して一ミリグラム（コレ、当時の体重ね！「ファットが厚い」ころの体重ね！と強調しておく）、毎食後プレドニン五ミリグラム錠×四＝

二十ミリグラム、合計一日六十ミリグラムの投与が、はじまった。

わたしの反応は、劇的だった。

まず、飲み始めた直後から「ドッキドキ」が止まらない。

副交感神経が暴走して、心拍数、血圧の実測値は異常がないのに、もう、それはそれはひどい動悸と高揚感がするのだ。何と表現すればいいのだろう。

「初恋の人に告白する五秒前」の状態が、二十四時間絶え間なく、続く感じ？

精神症状もひどかった。まったく、まったく、眠れない。

担当の看護師Mさんに「眠れないよ、ドキドキするよ」と訴え続け、最初の数日は「リスパダール」という、主に統合失調症などの治療に使われる薬を飲んだ。ぜんぜん役に立たない。

Mさん（先日、還暦退職なさった。最後まで現場で一看護師として患者に尽くす看護師道一直線、現代版ナイチンゲールであった）は、夜勤中ずっと、できる限り619号室にいてくれて、

「プレドニンはすっごくいい薬だからね。よくなるから。大丈夫」

と、声をかけ続けてくれた。

なにせ二十四時間、初恋告白五秒前である。HK5である。そんな状態で、眠れたり、何かで気を紛らわせることができるのは、サイババか仙人か。とにかくたまったものではない。人間に耐えられるものではない。パパ先生、クマ先生、助けて！　助けて！　とひたすら訴える。

二人は眉間にしわを寄せ、ズレる眼鏡を押さえながら、

「うーん、ドキドキしちゃうのか……」

「ドキドキするのね……」

と神妙に考え込んでいた。

わたしを、初恋の乙女状態から、一刻も早く解放して！

お次は、「セレネース」という、またしても主に統合失調症などに使われる薬の、筋肉注射が登場した。これが運の尽き（？）であった。

わたしは、あまりの苦しさにセレネースの注射をおかわりしまくった。とにかく、打って、打って、とナースコールを押し続けた。プレドニン六十ミリグラムとセレネースは、わたしを、あっという間にショック状態、瀕死の状態に、陥れた。

## ご危篤、ステロイド中止す

十七日からプレドニンを飲み始め、二十一日には、全身の基本動作が困難な状態に陥った。震え、痙攣がはじまって、飲み食いできるどころのレベルではなくなった。わたしが危機的にヤバくなってきたとき、バッドタイミングなことに、週末土日、珍しくクマ先生は出張で不在だった。

クマ先生の代わりに、わたしの担当医ではないが、宇宙プロフェッサーチームの一員、最若手（とはいっても三十代半ば）イケメン、ヨッシー先生が走って飛んできてくれた。イケメン先生に点滴の留置針を刺してもらい、ブドウ糖液と、さらなる追加セレネースが体内に流れてゆく。ヨッシー先生は、自分が担当の他の患者さんの治療ですごくすごく忙しいはずなのに、

「大丈夫、心配いらないからね、よくなるからね」

と、優しい声をかけてくれて、わたしのベッドサイドに座り、腕をずいぶん長いこと、さすり続けてくれた。

イケメンに優しくさすられるのは、瀕死でも、ちょっと嬉しかった。女子のミーハー心は、死の淵でも発揮されることが判明した。

クマ先生が病棟に戻ってきた月曜、二十三日には、わたしは完全に「ご危篤」となっていた。二十四時間、絶え間なく全身が震え、痙攣し、身動きすることすらままならない。まぶたは閉じられず、眼球は見開いたまま。打ちのめされた決定打は、「話せない」ことだった。

頭の中は、完全に「正気」である。認識・思考はいたって正常に機能している。けれど、それを、口にすることができない。言葉が、出ない。意思を表示する術が、なにも、ない。いわゆる「閉じ込め症候群（locked-in syndrome）」状態である。

朝いちばん、６１９号室に走ってやってきて、わたしの姿を見た瞬間。クマ先生は、真剣な

大きな声で、顔を近づけて、

「中止、中止します。プレドニンも、セレネースも、全部中止するからね」

と言った。

わたしは、先生に、いろんなことを聞きたかった。話をしたかった。どうしてこうなってしまったのか、何が悪かったのか、これからどうなるのか。中止して、元に戻るのか。元の状態に戻って、ふたたびのステロイド投与以外に、何か選択肢があるのか。ここまで、こんなに我慢してきたけど、いろんなことに耐えてきたけど、やっぱり、だめなんですか。わたしは、わたしは。

でも、そのとき、渾身の力を振り絞って、ようやっと出せた言葉は、

「せ……せ……ん……せ……い……………」

という、一言、だけだった。

## ムーミン谷より、パパママ飛んでくる

翌二十四日、依然として「ご危篤」状態が続き、何日間も眠ることすらできず、もう時間の感覚も、周囲の状況も、朦朧としてよくわからなくなっているなか、目の前に突如、二匹のムーミンが現れた。そうか、「ご危篤」だから、さすがにクマ先生は、福島のパパママを呼ん

だのか。

あ、なんか、二人が、泣いている。

目の前にパパとママがいるはずなのに、遠く、遠く、現実感がない。言葉も、一言も出ない。

ただ、身体が勝手に、震え続ける。

ごめんねえ。なんで、こんなことになっちゃったのかなあ。

なんで、なんで、かなあ。

「さらさちゃん、さらさちゃん……」

ママの声が、聞こえる。わたしの、痙攣する手を、握っている。

「こだことさなって………さすけねからな、いぐなる」

（標準語訳：「こんなことになってしまって………大丈夫だからな、よくなる」）

パパも、何か、ふぐすま（福島）弁で、言っている。


正直に言うと、この「ご危篤」状態の間の記憶は非常にぼんやりとしていて、断片的で、よく詳細を覚えていないのだ。ただ、ひたすら苦痛であった感覚だけが、フラッシュバックの残像のように残っているのみで。思い出そうとすると、脳の奥底が「ダメだ、開けるな」とドアを閉じる。

先生に呼ばれて福島からすっ飛んできた両親によれば、「焦点の合わない目がギョロギョロして、ベッドの上で固まっているかと思えば突然ブルブルとひきつけを起こしたようになり、こちらが何と声をかけても反応がなく、わたしたち父母を認識しているかどうかもわからず、娘の変わり果てた姿に茫然とした。ほとんど植物人間のようだった」そうである。

## 「前例」なき、道なき道を、ゆくのです

二十三日からプレドニンとセレネース含め、すべての投薬が中止された。とにかく、体内から薬を抜いて、「休息」あるのみである。

中止から一週間以上、病室内での移動もままならなかった。全身ベットベトで不快でたまらなかったが、シャワーなど、夢のまた夢である。食べることもできないため、点滴の留置針は入れっぱなし、ブドウ糖液は流しっぱなし。それゆえ、トイレに頻繁に行きたくなる。

看護師さんが、病室内に簡易トイレを置いてくれたが、わたしはどうしてもそれだけは嫌だった。わたしにとっては、オムツのほうがまだはるかにましなのである。這いつくばってでも、匍匐《ほふく》前進してでも、トイレだけは行く！

勝手にトイレに行こうとするわたしを制御するため、謎のセンサー付きマットが、ベッド下の床に設置された。これがまた、クセモノである。わたしが足をこのマットにのっけただけで、看護師さんが飛んできてしまうのだ。ちょっと起き上がり、何かを取ろうとしてふと油断し足

を床につけようものなら、

「大野さーん、どうしましたー！」

とただでさえ超多忙なナースの方々を、そのつど呼び出してしまう。ナースステーションを混乱に陥れる。繊細な現代っ子のわたしにとって、ストレスそのものである。

しまいには、ナース呼びたくなさに、フラフラで歩くこともうまくできないのに、点滴台を引きずりながらこのマットを飛び越えるという無謀な凶行に及ぶ事態となり、クマ先生は、

「それじゃ、止めようね」

と、撤去してくれた。


クマ先生が何事かを考えあぐねているのは、雰囲気でわかった。次に打つ手は、切るカードは、果たしてあるのだろうか。

キテレツ先生の超電流地獄、麻酔なし筋生検手術に引き続き、またしてもさらにハイレベルな「廃人」ワールドへ足を踏み入れてしまった。休息しつつ、徐々に通常の会話ができる程度に回復してきたところで、

「こういうやり方は、通常、しませんが」

「教科書的には『タブー』だけれど、勝算は、ありますよ」

クマ先生からの次のサジェッションは、つまり、こういうことだ。

ステロイド治療の原理原則を無視し、まずプレドニン五ミリグラムからはじめて、徐々に投与量を増やしていく。その後のことは、経過を見て、それから考える。

何が起こるか、どうなるかは、病態も治療法も前例がないので、はっきり言ってよくわからない。チャレンジというか、出たとこ勝負というか、道なき道をかきわける、まさしく、病気との頭脳合戦である。この勝負を切りぬけられるかどうかは、先生の力量と、わたしがどこまでこらえられるか、にかかっている。

六十ミリグラムショックのトラウマは、言わずもがな、相当な精神的ダメージをわたしに与えた。しかも、治療の行く先も見通しも、何も見えないのだ。「悪魔」を、また飲み込むのが怖い。プレドニンへの恐怖感に、満ち満ちる。

先生に五ミリグラムからのプレドニン投与再開を提案されてから、三日三晩、ワンワンと泣きながら、怖い、怖い、怖いと、先生に、泣きついた。

## 「悪魔」、再開す

十二月二日。

外は、寒い風が吹きぬけてゆき、冬の気配に満ちていた。

朝食後、プレドニン五ミリグラムを、一錠、飲み込んだ。

九月末にオアシスへ辿り着き、怒濤の序章、二か月間が経過した。
本戦は、本番は、ここからである。
日本社会の「現実」と、真っ向から、言語に絶する激戦をくりひろげるのは。

第七章

# わたし、シバかれる

## 難病ビギナー、大難病リーグ養成ギプス学校入学

二〇〇九年十二月。極寒の風が吹き荒れるなか、地球、日本。とある特殊な病院のすみっこ、オアシス619号室では、パパ先生の「お説教」の怒号が連日長時間ひたすら響き渡り、轟いていた。

「そもそもそういう姿勢が気に食わん、治療する気があるのか」

「抑うつ状態は明らかなんだから、ジェイゾロフト飲むしかないだろうがぁー！」

「そんな甘い考えで、この先、生きていけると思ってるのくうううううぅぁー!!」

「でうぇ、出ていけえ――――！！！！！！」

ジ、ジェイゾロフトって、いったい何ですか。そ、そういう姿勢って、いったいどういう姿

勢で……。というか、何故、ビルマの政治囚も真っ青の検査地獄をサヴァイヴし、瀕死の状態すら経て、てゆうか病人なのに、わたしは、毎日一日二時間、真冬の病室で、叱られ続け、お説教され続けなければならないのでしょうか。

…………父さんにだって、叱られたことないのに！（注：アムロ風）

## 「道なき道」治療、スタート

二〇〇九年十二月二日、朝ごはんを食べたあと。

わたしは、瀕死状態から回復したのち、クマ先生が提案した、ステロイド治療の原理原則を無視した「少ない量から増量していく」という、リスクの高い、出たとこ勝負、先のまったく見えない治療を、先生とともに選択した。

プレドニン六十ミリグラム投与下の、言葉を発することさえできないショック状態のトラウマを必死でこらえ、恐怖でぶるぶると震えながら、五ミリグラム錠を一粒、飲み込んだ。

この時期、「道なき道」治療の初期段階において、わたしのステロイドに対する反応は良好であった。たった五ミリグラムの投与だが、「石」状態であったわたしの身体は、確かに「ブリキ」程度になったような感じがした。

何より、一年間以上三十八度前後という高熱の状態が続いたのが、ようやく三十七度台レベルに低下したことは大きかった（ちなみに、発病前のわたしの平熱は三十五・八〜高温期でもせいぜい三十六・三度程度であった）。

高熱、朦朧、激痛、わけわかめ状態が多少なりとも改善されると、わたしは次第に、自らが置かれた「現実」を、認識するようになってくる。一つずつ、「困難」のドアを、開いてゆくかのように。

オアシス619号室は、暖房がきいてあたたかく、ごはんも美味しく、みなみなさまは優しく、一見「天国」のように、見えた。

甘かった。大いなる勘違いだった。

ここは、難民人生のトレーニングルーム、ボクシングジム。世にも稀なる白熱難病教室が開講され、しまいには自らパパ先生に叱られるために足繁く通院し治療に励むという、エリートドM患者を輩出する、「大難病リーグ養成ギプス学校」だったのである。

## ナイナイ地獄

何度も繰り返して恐縮だが、わがムーミンパパママが生息するムーミン谷は、グローバルなキャピタリズムの手先らすら進出が及ばぬ、オアシスから車でも鉄道でも最低片道五時間以上はかかる僻地である。標高七百メートル、冬は雪と氷にすっぽりと覆われる。

トーキョー都会暮らしのシティボーイ・シティガールにはなかなか実感として想像しにくいと思うが、東北山間部での暮らしというのは、相当な体力・根性が必要とされる。じっち、ばっぱらの九十度直角に曲がった腰、手ぬぐいモンペ姿は、戦中、戦後の日本の農村部を支え、生き抜いてきた証。シャネルにもグッチにもヴィトンにも勝る、まこと賞賛すべきナイスルックなのだ。

そこは、ポッカの自動販売機が一台あるかどうかの世界だ。近くに医者がいない、病院がないことなど当たり前すぎて、指摘されないとそれが問題であるということすら感じない。新聞は、朝刊が午後四時に届くのだ。実質的に「夕刊」なので、「夕刊」は　発行されていない。八十歳のおばあちゃんたちが毎日雪をかき、灯油を運び、凍結した山道でスタッドレスタイヤを装着した軽トラを滑らせ、地域の人足に出てゆく。人足というのは、自治体が住民に林道の整備や草刈りを委託する、有償ボランティアみたいなものだ（パパは還暦を迎えて久しいはずなのだが、ジジババコミュニティの自称「若手」アイドルである）。ムーミン谷の乗用車は、４ＷＤでなければ意味がない。行政の福祉なんてほぼゼロに近い、よもや在宅ヘルパー制度など存在するはずもない、高齢者だらけの過疎地域で、田舎暮らしを維持することだけでも大いなる重労働なのだ。

パパママは、突如として世にも稀なる奇病におそわれた娘の、多額の治療費やら入院費やら諸々の暮らしに必要な経費のために、ムーミンらしからぬ過酷な労働に日々励まざるを得ない。

パパは退職後も、田舎時給価格ウンびゃくえんというアルバイトにせっせと励む（おかげでいまだに筋骨隆々。が震災後はバイト先がなくなってしまったらしい）。ママは連日朝三時に起き、勤務先で使う書類作成を慣れぬパソコンで延々と強いられるストレスを、「チョコ棒」十本パックをわずか十分間で消費するという人間離れした業《わざ》によって発散している。

東北のシカゴ郊外あたり、暖炉付きのこじんまりとした新マイホーム、娘夫婦の帰省とともにやってくる可愛い孫の世話を焼きながら、たまに仙台のアウトレットモールあたりに出てゆき、スポーツクラブで汗を流し………（延々）そんな地方の団塊世代の老後悠々自適計画など、オジャンもいいとこだ。

ムーミン過労。オアシスに頻繁に通ってこられるはずもない。

わたしは、難病ビギナーである。命からがら、わけのわからぬまま持てるものだけ持って入院してきたため、身近に必要ないろんなものがナイことにだんだん困ってくる。

オアシス周辺で手に入るものは、なんとか外出許可を取り買いに行くこともできるが、外は極寒、わたしゃご重体である。冬服はない。こまごました日用品の調達に、頭を痛めつづけることになる（今現在も、この問題は常に悩みの種だ）。

まず、着る服がない。日本がいちばん寒い時期、ほとんどタイへフィールドワークのために飛んでいたため、まともな防寒着を近年は持ったことがないことに、十二月に入ってから気がつく（発病前は、「厚いファット」でなんとかなっていた）。ビルマ女子は、すっかり東南アジアの民と化していたのだ。

オアシスで一日七十円で「病衣」を借りられるものの、冬仕様などあるわけがない。綿のペラペラとした薄いジンベイみたいな病衣である。寒すぎる。パンツも靴下もブラジャーもタオルも、とりあえず何もかも足りない。

病棟玄関外に出ることすらできないので、友人にお願いし、とりあえず新宿駅南口前のGAPで、最も暖かそうなダウンのコートを買ってきてもらった。そして、お見舞いに来てくれる方々に「ユニクロのヒートテック」を連呼する。

病棟には、有料の洗濯機と乾燥機は設置されているものの、洗剤は自己調達しなければならない。アクロンを買ってきてもらわねばならない。シャンプーがない。歯ブラシがない。ナイナイナイナイ！

オアシスにも、いちおう「売店」はある。しかしこれまた、昭和のタバコ屋みたいな、「メリット」「スーパーマイルド」「粉末アタック」やら駄菓子の類《たぐい》などしか置いていない、かなり微妙な売店である。

「まあ、いまどき貴重な、味のある売店だよね」

とかクマ先生は言っていたものの、オアシスの入院患者のニーズを満たしているとは言い難い品揃えである。ニーズを調査したことがあるとしたら、おそらくその時期は完全に昭和である。こ、これって、実は職員用の売店なのでは……。雰囲気は、決して嫌いじゃないのだが。売店のおばちゃんは、とてもいい人なのだが。

難病女子の炎症しまくった敏感肌は、グローバルに市販されているシャンプーやコスメの香料や添加物の刺激に耐えきれず、かゆくてかゆくてしょうがなくなる。花王が販売している「キュレル」なる乾燥性敏感肌用の製品が、なんとか問題なく使用できることが判明したので、わたしの頭の中はいかにして「キュレル」を仕入れるかでも、いっぱいになる。

## 続々、手続き地獄

「特定疾患」、難病医療費等助成制度の申請は、まず、小平長屋の盟友Mちゃんとキテレツ先生の大活躍により、十一月中に済ませた。

お次は、まず自分の社会的ポジションの整理をしなければならない。大学院の休学届を延長したり、奨学金の返還猶予願いを出したり、タイに留学した助成金を辞退させていただく準備を考えたり。病気も治療も「先が見えない」「予測不能」な状況のなか、どう対応するべきなのか、わたし自身すら、わからなかった。ただ、ひたすら、ひとり悩み続けていた。

このころから、オアシスでただ一人常勤のソーシャルワーカーさんのところへ頻繁に相談に行くようになった。難病の制度、障害の制度のしくみや、その他さまざまなあらゆる生活の問題、日本の社会福祉制度の「現実」を知りはじめ、ビルマ奥地のジャングルでも出会うことのなかった、手強い「モンスター」たちとの、自らの「生存」のためのバトルの予感に、戦慄と不安を覚えはじめる。

## やることなすこと叱られる

当初は、ただひたすら優しかった、クマ先生、パパ先生。

わたしのナイナイ&手続き地獄っぷり、大混乱っぷり、錯乱っぷり、落ち込みっぷりを見かねて、ついに、パパ先生の堪忍袋の緒がブチ切れる時がやってきた。

白熱難病教室、開講。なぜ病人を叱るのか？　などと疑問を持つ時点で、落第点である。ハンカチ王子も真っ青のピッチングマシーンから、百四十キロの豪速球がひっきりなしに飛んでくる。ちなみに冒頭、パパ先生が怒鳴りながら発した単語、「ジェイゾロフト」とは、抗うつ剤の名前だったのだ（ただ、一言言わせてもらえれば、そんなものの名前をビギナーが知っているわけがない）。

とにかく、全部叱られる。食べても寝ても動いても飲んでも話しても、全部怒られる。ほぼ反射的に。当時のわたしにとっては、まったくもって、意味不明であった。

「甘い」

「自己管理」

「頭を使え」

延々とお説教の繰り返しである。一日二時間、ほぼ毎日よ、毎日。そんな人、わたしの人生史上、この世の中にいなかった。というか、普通いない。昨今大ブレイクのサンデル先生も、完全に白旗である。

「ムーミン谷の優等生」であったわたしは、幼稚園児となる以前から山中で野生動物のように野草やらアケビやらのおやつを自己調達し、ママのお手伝いを率先して担い、ジジババを尊び、小学生にして家族が懸賞で当てたシンガポールやグアム旅行へ親の引率なしで行く術、中学生にしてとなり組の自家葬儀の際にお供えのための白玉団子を三個同時にてのひらで丸めて大量生産する術（白玉の神童と呼ばれていた）、鍬《くわ》で畑にウネ（作物を植える列のこと）を効率的に美しくつくりあげる術などを身につけており、何事も自分で勝手に調べて勝手に決め、思春期以降は両親にまともに怒られるような「オイタ」をしたことすらなかった。そういうふうに、ずっと、振る舞ってきた。

そのときは、叱られる意味がぜんぜんわからなかった。精神的にかなり辛かったうえ、反発心すら持った。パパ先生のオアシス白熱難病教室の歴史的背景と意味をようやっと理解できるようになるのは、かなり、先の話だ。

## イケメンドクターのヒ・ミ・ツ

世界とは、地球とは、意外に狭いところでもある。人の縁とは、妙ちきりんなものだ。むかーし、難病女子がビルマ女子になる、さらにちょっと前、イケイケおのぼりおフランス女子だったころの火遊びの残骸《ざんがい》を、まさかオアシス内で「発見」するとは、思いもよらなかった。

キャンパスライフは新鮮さに満ち、靴ずれに絆創膏を貼りながらハイヒールをカツカツさせていた時代。若き日の、ほんの数日間のあやまち。ワンワン泣きながら「これっきりこれっきりーもうーこれっきりぃーですかあー」と山口百恵の横須賀ストーリーを口ずさみ、ヤケ酒にワイン二本を一気飲みし泥酔し、友人に呆《あき》れられたような気がする、青春の一ページ。それが突然、目の前に現れたのだった。

ある夜、ナースステーションの前をふと横切ったとき。見覚えのある顔の人物が、白衣を装着して誰かのカルテを熱心に読んでいる。「えっ」と思った。いや、確かに、医学生だったと記憶しているが、なんでこんなところにいるのだろうか。

「……まさかな。見まちがいだろう。他人のそら似かな」

目をパチパチさせて何度も疑った。なにせ、突如目の前に姿を現すまで、完全に記憶のかなたに忘れ去っていた人物である。「若気の至り」そのもの、交通事故のようなご縁だった。しかし何回見ても、同姓同名だし、背格好も同じだし、同一人物に間違いはなさそうである。

オアシスは決して大きな病院ではないので、よくすれ違う。すれ違うたび、向こうが何とも言えない微笑を浮かべ、視線を宙にそらし、カチンコチンに硬直しているのがわかる。

わたしとしては、心中、爆笑である。あまりに微妙すぎて、何と声をかけようか、発見して以来ずーっとたくらみ続けているのだが、まあ、医学的見地からはいたって誠実なドクターがあまりに可哀そうなので、詳細は伏せておこう。優秀な若手人材を支えるためにも、ドクターとステキな女性とのまっとうなご縁を妨害するのは悪い（すでにこの時点で妨害しているか。笑）。若いころなんて、人間誰でも、いろいろありますからね。

院内で仲良く「そんなぁー時代もーあーったねとー♪」いつか談笑できる日もくるだろう。ぶっ、ぶぶっ。ぶはっ。

## 極寒マイナス十五度！　ムーミン谷へ強制里帰り☆

十二月も後半にさしかかり、プレドニンはもうちょっといっぱい飲めるようになり、一日七・五ミリグラムに増えた。七・五ミリグラムになると、十ミリグラム、つまり五ミリグラム錠×二錠は飲めるような気になってきて、十ミリグラムまでは、なんとかクリスマス前に達成した。グッジョブだ。

世の中は、クリスマス。年末である。

ここで、衝撃の「退院」。


何かを考えている余裕は、一切なかった。

とにかく、とりあえず、今すぐに退院しなければならないのだと、先生の遠回しな表現、他の患者さんから聞く話、周囲の雰囲気で、それが避けられないことだということだけは悟った。「退院する」。その使命を果たすことに、全精力をそそぐ。

盟友Mちゃんも年末年始の帰省で当然実家に帰っている。誰もいない小平の長屋に帰れるわけがない。ご重体、自殺行為である。

東京駅に電話をし、貸し出し用の車いすを借り、新幹線の座席まで誘導してもらえることを確認し、必死にチケットをオンライン予約し、GAPのダウンコートにくるまって、ブリキの身体とキャリーバッグを無理矢理タクシーに投じて、オアシスを脱出した。

オアシスから、普通に里帰りする人びとでごったがえす東京駅、丸の内南口の車いす専用待合室まで、フランス語学科時代から大学院を通じての唯一の同輩Yちゃんが、付き添ってくれた。福島の、新幹線の改札口まで、JRのひとが車いすを押してくれた。改札口では、ムーミン二匹が待ち構えていて、わたしはパパの車で極寒の山奥へ輸送される。

実家は、マイナス十五度である。手直ししているとはいえ、大正時代に建てられた古民家である。家じゅう、ものすごく寒い。

茶の間の掘りごたつに布団を敷いてもらい、そこに完全寝たきり状態となり、トイレの時だけ起き上がらせてもらうという、悲惨な年末年始を迎えた。つらくて、つらくて、クマ先生に、また何度も泣きながら電話してしまった。

しばらくした後、ボロボロになって、なんか全身至るところから出血しだして、再入院するためまた身をひきずってオアシスへ戻ってきた後も、

「あん？　内臓から出血だあ？　なんだあこの内出血斑だらけの手足はあ？　ボロボロじゃないか！　注意が足りん！　意識が低い！　状態を報告もせず何をやっとるんだぁー!!」

有無を言わさず、パパ先生にシバかれました。

## 医療ホーカイ、ついに「女子捨て」！

「まあひどい！」

「明らかに病人なのに、どうして退院しなきゃいけないの!?」

「どうして病院にいられないの？」

とお思いだろうか。

いやいや、オアシスほど良心的な病院は、ありません。わたしの治療を続けるために、先生たちは必死にいろんな工夫をしてくれている。


「診療報酬」、という言葉を聞いたことはありますか。

基本的に「保険証」を持っていれば、医療費の七割は保険者や国が負担し、三割は患者が自己負担をする、というのが、現在の日本の国民皆保険制度である。

診療報酬というのは、病院が、患者の治療をして受け取る医療費の額のことだ。治療や手術、処置によって、細かく「点数」が決まっており、ついた点数ぶんのおカネを、病院は収入にできる。

一般病床において、入院が十四日＝二週間以内、もしくは十五日〜三十日以内だと、一日あたりの診療点数がちょっと加算される。

単純に考えると、患者の入院期間が短期であればあるほど、病院が受け取る診療報酬が有利になるような制度となっているのである。つまるところ、「患者＝ベッドを、短期でまわす」ことを、病院は経営上考慮せざるを得ないのだ。

さらに、一般病床に百八十日を超えて入院すると、病院に支払われる報酬が大きく減額される。そのぶんは、病院が患者に自己負担を求めることを、認められている。

リハビリについても同様である。保険診療でリハビリを受けられるのは、たとえば脳梗塞など脳血管関係の病気で障害をもった場合、発症から百八十日が上限とされ、たとえ回復の可能性が残されていようが、いまいが、切られてしまう。

これについてはあまりに評判が悪く、ご高齢のみなさまをはじめ、多くの人たちのお怒りをかったため、ある程度の緩和措置がとられた。しかしそれも、肝心のリハビリを担う理学療法士や作業療法士、言語聴覚士の先生たちですら混乱するくらい謎めいた、介護保険制度との継《つ》ぎ接《は》ぎだったりと、抜本的にリハビリ日数制限の制度が変わったわけではない。

まあ、現実、手術なんかが必要で、ほどほどに重症で、二週間くらいで退院させられる患者が、もっとも「経済的」である、という実態。病院は、経営と「ベッド稼働率」に頭を痛めなければならないのである。

こんにちの日本で、特にバンバン手術をするような人気の大病院で、数か月以上入院させてもらえるケースは、非常に稀であろう。というか、びっくりするくらい、ぱぱっとおん出される。

いざ病気になってから気づいても、時すでに遅し。

「病気になったから病院でゆっくり療養生活を……」

「治るまでがんばろう……」

なんてえ時代は、とっくの昔に終焉している。

「え！」「ウソ！」「マジで退院？」

とビックリビックリ。あとは何時間も待って「五分間診療」、地獄の外来の日々にどれだけ耐えられるか。患者はどんどん疲弊し、お医者さんもスタッフも過酷な労働に身を削る。患者も医師も、お互いの命をかけた大我慢大会フェスティバルを大々的に開催している。

もはや、われわれは、ぼけーっとしてるあいだに厚生労働省さまに大我慢大会の外堀をすっかり埋められてしまっているのだ。制度設計の矛盾・不備の抜本的解決を先延ばしにし続け、医療・介護の現場の人手不足、人材不足、医療費不足、なんでも不足のこの世。超高齢化社会が直近に迫りくるなか、患者の行き場は、運がよければ、お金を出せば、あるかもしれない。もしくは、ある程度の忍耐力があれば、あるかもしれない。四面楚歌《しめんそか》、魑魅魍魎《ちみもうりょう》、怨霊跋扈《おんりょうばっこ》、死肢累累。なむあみだぶつ………。

患者のために尽くせば尽くすほど、病院は赤字になりゆく。わたくしのような稀な難病女子などは、不経済きわまる存在なのだと、一年間の医療難民生活で悟ってしまった。まさしく、オアシスと主治医の先生方の「良心」「使命感」によってのみ、難病患者のためなら赤字なんぼじゃの医学的ガッツによってのみ、わたしの命は、ギリギリでつながれている。

もはや、「姥捨《うばす》て」ならぬ、「女子捨て」である。このようにエクストリームな女子を「女子捨て」するなど、社会の多様性の喪失だとは思わないのだろうか、まったく。

## 超ウツウツウツ、鬱女子となる

年の瀬から新年、二〇一〇年に年が変わり、難病ビギナーとして、順調に直滑降に、ウツのドつぼへと落ちていった。

わたしは、短期間に凝縮された検査地獄の苦痛、連日の白熱ドM難病教室、将来への絶望に、重度の抑うつ状態と精神的錯乱の兆候をきざしはじめていた。

ビルマに行くことも、タイに行くことも、もはやできなくなってしまった。現地を歩き、ビルマの人びとの声を集め、世に伝える研究者になること。それはもう、無理なんだ。

そもそも、本当に、ビルマのことをやりたかったの？　大学院に、どうして進学したのだろう？　どうして毎日あれほど忙しくしてたんだっけ？

どうやって生活していけばいいのかな？　稼げなくて、働けなくて、どうやって生きていけばいいのかな。もう、日常生活すら、自力でできないの。ペットボトルも、開けられないの。もう、自分の荷物を、自分で、持てないの。起き上がれないの。

一生、この先、病に怯《おび》えながら、苦痛に苛《さいな》まれながら、耐えて、耐えて、なぜ、そうまでして、生きなければ、ならないのだろう。

一月、二月、真冬。極寒。

わたしの精神は、いったん、死を迎える。

昨今、巷《ちまた》で大流行している「絶望」というのは、身体的苦痛のみがもたらすものでは、決してない。

わたしという存在を取り巻くすべて、自分の身体、家族、友人、居住、カネ、仕事、学校、愛情、行政、国家。「社会」との、壮絶な蟻地獄、泥沼劇、アメイジングが、「絶望」「希望」を、表裏一体でつくりだす。

生きるとは、けっこう苦しいが、まことに奇っ怪で、書くには値するかも、しれない。

第八章

# わたし、死にたい
## 「難」の「当事者」となる

冷たい風が吹くと、手先がかじかむと、記憶がよみがえってくる。あの、「冬」が。当時、わたしがどのような精神状態、抑うつ状態にあったか。二〇一〇年一月にｍｉｘｉに一度だけ書きこんだ日記を、そのまま転載してみよう。

〝何か食べたいとか、何か読みたいとか、何かしたいとか、何か知りたいとか、どこかに行きたいとか、今感じない。自信も、意欲も、かつて自分がどうやって生活し、生きていたのか思い出せない。自分は何が好きとか、これをやっているときが幸せとか、わからなくなってしまった〟

〝逃げていること、甘いことは、自分でもよくわかる。なぜ心はつらいのだろう。同じところをぐるぐるとまわる〟

〝病気に苦しんで、疲れているのか。それとも、自分はもともとこういう人間だったのかな、と怖くなることもある〟

〝経済的不安、治療の不安、心身を脅かされている不安、自分が変わってしまった不安……すべてが不安に感じる〟

〝苦しい〟

アレマア、なんと暗いことか！　とてもウッ！　読むだけで、ただでさえ鬱々とした世の中、さらに心がどんよりとしてくるようである。自ら記しておいて言うのもおかしいが、あまり繰り返し読んではいけない。

ひとが、病や死に直面するというのは、ドラマや小説のようなものじゃない。瀕死の状態、手術中、そういった劇的な「瞬間」は、すぐに過ぎ去ってしまう。病に限らず、現実のものごとに「向き合う」という作業は、長く、苦しい、耐久デスマッチみたいなものだ。

そして、その苦しみは、身体的苦痛だけがもたらすものではない。病の症状に耐えるだけで大変な患者を決定的に追いつめるのは、社会のしくみだったりする。患者にとってのデスマッチの相手、「モンスター」は、社会そのものだ。

## 「モンスター」は「ハムスター」程度にしたい

医療や障害、難病、福祉、介護、社会保障、あらゆる膨大で煩雑な、延々の制度との格闘。ある日突然「奇襲」される、ビルマのジャングルでもなかなか出会わないような、手強い「モンスター」。少々、話が重くなる部分があるかもしれない。制度の解説などは、退屈きわまるかもしれない。

しかし、これこそが、わたしたち誰もが、いつしか必ず取っ組み合う「モンスター」なのだ。そしてわたしは、できれば、この「モンスター」をもうちょっと虚弱にしたいと思っている。狙われたらもう最後の肉食獣ではなく、「ハムスター」程度に。

いつ、誰が、どのように「当事者」になるかなどわからないが、たいていのひとは何事かアクシデントに遭遇したり、病気になったり、老いたり、死んだりする。ギャンブルのように、ロシアンルーレットのように、宝くじのように。それらはあまり考えたくないことがらではあるが、あまりにも関心を持たず放置プレイをしすぎたため、「当事者」となったとたんに、砂のお城で「モンスター」と闘わされることになる。

エクストリームに「困った」とき人間はどう墜落していって、どう逆噴射するのか、どう生き延びるのかという、生存レシピ保存版、みたいな感じだろうか。超高齢化社会、ジャングル社会、ウツウツ社会に向けて、是が非でもみなみなさまとともに生き延びていきたいところである。不況、失業、就職難、経営難、不倫、お受験失敗、失恋、下痢、痔……。

大丈夫さ。こんなわたしでも、今日、なぜか、生きているんだから。

## 「生き仏」たるエリート先人

二〇一〇年一月、年末年始の「退院」騒動を、文字通り死にかけつつやり過ごし、極寒のムーミン谷からボロボロ状態でオアシス619号室へ帰還したわたし。まだまだ道なかばのプレドニン増量を、ふたたびクマ先生と二人三脚で開始した。前回から引き続き、難病ビギナーのわたしは、重度の抑うつ、鬱のドつぼのどん底へ落ちようとしていた。

そんななか、「ほかの難病の患者さんは、いったいどうやって生きているのだろう」と疑問が浮かんだ。まさか、みんながわたしのようにラウンドアップ一気飲みや山手線飛び込みを妄想しているはずはあるまい。思いこみの激しい女子は、「リハビリ」と称してオアシスの病棟を徘徊《はいかい》し、ほかの患者さんの様子をコソコソとうかがいはじめたのだった。

この白熱難病教室、エリート患者養成学校には、日本の難病史に厳然と輝く、医師も畏れる「生き仏」マダムたちがわさわさといらっしゃる。高度経済成長期、難病医療が今よりまだまだ未熟だった時代に発症。医療難民として放浪し、オアシスに辿り着き、パパ先生のお説教とともに、二十年間、三十年間、耐え続け生きてきた女性たち。

わたしは、「生き仏」の方々の所作、知識に、「ははーっ」とひれ伏した。どのような症状が出たら、どのような対処療法がおこなわれるのか。日常生活で、何に気をつけなければならないのか。難病人生にいかなる「モンスター」が待ち受けているのか。まさしく病の「生き字引」である。

何十種類という、内服薬、外用薬、抗がん剤や抗生剤の名前、効果、副作用も尋ねて調べて必死で覚えた。大学院のビルマ語の授業よりもだいぶ真剣だったかもしれない（あっ、N先生、すみません！）。

妄想過多女子は、明らかにストーキング行為なのではないかと思われるほどに、仏の後をついてまわったりした。仏の心は、なんと広いことだろう。わたしなどよりよっぽど重症、何十何百という病巣が地層のように積み重なった御身にもかかわらず、「初心者」のわたしの延々の泣きごとを聞き、みなさま励ましてくださる。

自己免疫疾患は、原因がわからない、根治する術は確立されていない、一度発症すれば先行きの見えない病だ。さらに、それを抑え込む対処療法のためのステロイドや免疫抑制剤も、身体を蝕んでゆく。

免疫力の低下。骨壊死で、人工関節だらけの身体。変形してうまくものを持てない指。スカスカに線維化した肺。点滴の留置針を刺せるところがもうない血管。大きな手術痕だらけのお腹。悪性腫瘍だらけの内臓。そして手首の、リストカットの、跡。

たたかった、あかし。苦しんだ、あかし。わたしは、それらを「きれいだ」と思った。この人たちは、なんとうつくしい、マダムたちだろうかと。

なぜマダムばかりかというと、そもそも自己免疫疾患の患者さんには、女性が多い。そしてパパ先生といえどもおそらく、オジサマ方に説教をぶつというのは、さすがにやりにくいのであろうと察する。病棟のラウンジでおしゃべりをしたり、患者さん同士で仲良くなったりするのも、女性が中心という印象が常にあった。オジサマたちだけの空間は、言葉少なく、シーンとしている（男同士って、いろいろ難しいんですね……）。

いっぽうで、わたしは、文系女子としての「分析」グセを同時にうっかり働かせてもいた。戦中世代、団塊世代、バブル世代、ロスジェネ世代。それぞれの患者さんのライフスタイルや生き様を、世代別、戦後日本の社会的背景とともに分析するという、失礼きわまりない思考を脳内で展開させていたのだった。以下はあくまで、妄想女子の、主観的な印象である。

「生き仏」マダムの方々は、「治ると信じて、耐える」スタイルを持つタイプが多いようにお見受けした。人さまざまだが、主婦業などをしつつ、つつましく、淡々と、伴侶とともに生きておられる方々。子どもを出産した後に発病する患者さんも多いので、母を支えるしっかりしたお子さん方の姿も印象的だった。「家族」という相互扶助システムが、機能している世代。

しかし、世代が若くなってくるにつれて、様相は様変わりしてくる。

四十代、三十代の患者さんは、就職氷河期にギリギリ滑り込み、働いていたら発病、あるいは悪化して、いったん働けなくなって職を変えたり、失ったりする場合が多いようだった。その人のキャリアや職歴、相互扶助できるパートナーがすでにいるかどうかによっても異なるが、今後の人生の行く先に、漠然とした不安を抱いている。親御さんの介護問題にも直面してくる世代である。病気を「カミングアウト」しているかどうかも、人さまざまである。

オアシスでは、わたしより若い自己免疫疾患の患者さんとは、残念ながら会う機会がなかった。だからわたしの見聞きした範囲では、わたしが最年少である。それゆえ、若年層患者については、自分の置かれた状況を自分で分析するしかない。

二十代の患者は、ちょっと、かなり、厳しい。「治ると信じて、耐える」ことが大事なのは当然わかっている。しかし、その「耐える」ための余裕が、ないのだ。「カミングアウト」するかどうかを考えている場合ではないのだ。昨今の若人は、たとえ健康なボディーを備えていても、生きていくだけで大変である。一気に、たちまち、落ちてゆく。生きるか死ぬかのギリギリ限界ラインである。

いやー、相当の「モンスター」！

## 「死にたい」妄想、お見通し！

死んだような目で病棟をウロウロと徘徊し、コソコソと「生き仏」を観察するわたしの様子を、もちろん毎日見ているクマ先生。ある日の朝、わたしが顔用のシェービングカミソリを手に、ぼーっと洗面台の前に立ち尽くしていたとき。クマ先生が、ヌッと突然顔を出して、言った。

「この619号室のシャワー室に鍵かけて、シャワー流しっぱなしにして、カミソリで手首でも切ろうと思ってるんでしょ」

「だいたい、考えてることは、わかりますよ」

当時のわたしは、食べたい、寝たい、そういう日常的「欲求」と同じレベルで、「死にたい」と感じた。朝・昼・晩と毎日わたしの様子を気にかけ、ほぼ休みなし、全力投球で治療に励んでくれている主治医に、「死にたい」とは言いにくい。かなり申し訳ない。だが、思い切って正直な気持ちをそのまま、クマ先生に伝えてみた。「はい」と。先生は嫌な顔ひとつせず、微動だにしなかった。

「それは、苦痛から逃れたいという、ごく当たり前の人間の反応、ですよ」

クマ先生は、難病ビギナーの「死にたい」妄想など、最初からお見通しである。

毎晩、「朝が、こなければいい。ずっとこのまま、眠りたい」そう考えながら、病室の電気を九時半に消す。

夜の暗闇が怖いわけではなかった。朝の光のほうが、ずっと怖かった。朝、病室の窓のカーテン越しに陽がさしてくると、また、苦痛に満ちた一日が、はじまる。その絶望感と不安で、全身が硬直した。

「野垂れ死に……野垂れ死に……のたれじに……」

病棟六階のラウンジで、「野垂れ死に」を連呼し、メソメソと絶望ビームを周囲に拡散させるわたし。かなり迷惑な、傍目《はため》に見るだけで心が落ち込むような、絶望女子だ。

クマ先生は、医師として、患者のわたしに常にその時の最善を尽くしてくれた。けれど、薬や医学の力というのは当然万能ではないし、実は医学が実際臨床でできることというのは、世の中でイメージされているほど、すごくはない。「スーパードクター」は、幻想でしかない。薬を呑みこみ、症状に耐えるのは、わたし自身だ。先生はわたしの命綱であり、伴走者だが、肝心のわたしが歩かなくてはどうしようもできない。医療が、主治医が、人間の生きる動機そのものを与えてくれるわけではないのだ。

## 身体障害者手帳申請、の怪

自分がどうやって生きていったらいいのかを、毎夜毎夜考えた。動けない、ずっと具合が悪い、とても普通には働けない。というか、自力では日常生活すらままならない。

そういえば日本は、「先進国」のはずではないか、とふと気がついた。野垂れ死にする前に、何らかの社会保障制度が存在しているのではあるまいか。以前ソーシャルワーカーさんに相談した際に、「手帳を申請してみてもいいかもしれない」と言われた言葉が頭をよぎった。

「そうだ、身体障害者手帳申請しよう」

物事は、思い立ったが吉日、と言うではないか。だが身体障害者手帳が、具体的にどのように役に立つのか。どのような法に基づきどのようなシステムによって機能しているものなのか。当時のわたしは、まったく知らなかった。

しかしとりあえず、「死にたい」しか考えられないような状態のなか、神社で買うお守りのような気持ちで、藁にもすがるような気持ちで、手帳を申請してみることにした。

クマ先生に相談したところ、身体障害者手帳の申請書というのは、判定資格を持つ「指定医」のお医者さんしか書けないのだという。オアシスの内科に、ひとりだけ、いらっしゃった！

申請書を作成していただくため、６１９号室にて「測定」がおこなわれた。申請書は、東京都のＨＰから誰でもダウンロードすることができる。

わたしは、その「測定」にかなり驚いた。ショックだった。メジャーや分度器で、関節が曲がる角度を測る。何メートル歩行できるかを書く。そ、それだけである。病気の詳しい症状や、どのくらい具合が悪いのか、どのくらい痛いのかなど、なんにも書かれなかった。要は手足があるかないか、機能しているか、それだけである。

日本には、現在、身体障害者福祉法という法律が存在する。そして、それに基づいて手帳は発行される。わたしがこの時申請したのは、〈肢体不自由〉という枠の身体障害者手帳である。それ以外にわたしが申請できる枠はない、と先生から言われた。この〈肢体不自由〉というコンセプトは、日本の障害者支援制度が、戦後、旧厚生省のもとで、第二次世界大戦で障害を負った軍人さんへの救済対策の一環としてはじまった、ということに深く根付いているような気もする。

どんなに苦しくても、痛くても、患者さんたちが「生き仏」と化すまで、あるいは自殺に追い込まれるまで、耐え続けなければならないワケ。パパ先生が毎日二時間、６１９号室で白熱難病教室を開講し、わたしを叱り続けるワケ。

難病患者が、「制度の谷間」に落ち込む、福祉へのアクセスから見捨てられた存在であるという「現実」が、次第に明らかになってくる。

この手帳申請時に感じた、漠然とした悪い予感は、後日「モンスター」と化しわたしを襲うのであった。手帳が届くまで、続きはしばしお待ちを。

## シズラーのサラダバー女子、「当事者」になる

発病前、何でも自分でできると思っていたころ。

タイ―ビルマ国境の難民キャンプへ、フィールドワークで、何度も足を運んだ。難民の友達の家に泊まらせてもらい、同じ格好をし、同じごはんを食べ、同じドラム缶で水浴びをした。一人一人のライフヒストリーのインタビューをICレコーダーで録音して、失礼や迷惑にならないよう気をつけながら、デジカメで写真を撮影させてもらった。

それでも。それでも、わたしはいつも、ただの「旅人」に過ぎなかった。「部外者」でしかなかった。どんな惨状を見ても、聞いても。わたしは、数日経てばキャンプの外へ出てゆく。去ってゆく。難民は、キャンプの外へは、出られない。

二〇一一年時点で、タイ国内のビルマ国境沿いには九つの難民キャンプが点在しているが、山岳地帯の中のキャンプへ行くのは大仕事だ。夏の雨期には、雨でぬかるんだ山道をNGOの4WDバンに同乗させてもらう。粘土質の土に、タイヤ跡が深い溝をつくって、車の窓が覆われるほどである。車体がバウンドしまくって、タイヤがはまりまくって、何度も何度もみんな

で泥まみれになりながら車を押す。雨期のキャンプ帰りは、必ず腰痛と痔になった。

わたしはキャンプの訪問を終えて、いつもタイで動く拠点にしていたチェンマイへ戻ると、まず常宿のエアコンの効いたゲストハウスで温かいシャワーを浴び、氷がめいっぱい入ったグラスにシンハービールを注いで、ゴクゴクと飲み干す（東南アジアではビールに氷を入れて飲むのは普通のことだ。暑いからね）。

そして、街の中心部にあるセントラルというショッピングモールへ行き、「シズラー」のサラダバーで思いっきり生野菜を食べた。「シズラーのサラダバー」はわたしにとって、下界へ戻ってきたときに行う〈儀式〉のようなものだった。

フレッシュなトマト、イタリアンドレッシング、温かいコンソメスープ、チーズ……それらを咀嚼しながら、懺悔《ざんげ》する。「人助け」だなんて、とんでもない。わたしは、友達を、実は搾取してるだけなんじゃないか？　喰いものにしてるだけなんじゃないか？　いつも、自問自答していた。そんなことをいくらぐるぐる考えようが、日本でできることをするしかない。「シズラーのサラダバー」は、ビルマ女子の懺悔部屋だったのだ。

ビルマ女子としてフィールドワークで飛びまわりながら、さまざまな貴族的リッチの風景も目の当たりにした。世界中、どこの国でも、すごくお金を持っているリッチな少数の人びとのライフスタイルというのは、ほとんど変わらないものだ。立派な門とセキュリティがついたでっかい家、液晶薄型テレビ、ピカピカの車、お手伝いさん、航空会社のマイレージカード、株、ワインセラー、知的で美しい伴侶、欧米へ留学する優秀な子どもたち……。

もしや、わたしがたまにお買い得パンツ二十枚まとめ売りなどをチェックするために「ニッセンのカタログ」を取り寄せるのと同じように、「リッチ専用カタログ」がグローバルに配布されているのではあるまいか。

その国の「本質」というのは、弱者の姿にあらわれる。難病患者や病人にかぎった話ではない。あらゆる、弱い立場の姿に、あらわれる。

ビルマ女子は、タイやビルマで、路上や難民キャンプで、苦しむ人たちの姿を見てきた。貧困の姿もまざまざと見てきた。しかしそれは、いくら旅を続けようが「他人事」でしかなかったのかもしれない。

「これが、苦しむ、ってことか」

わたしははじめて日本の、自らの「本質」と向き合った。


宇宙プロフェッサーのもと、ご立派な研究者でもあるクマ先生は、またしてもビルマ女子の内的葛藤などお見通しだった。

「今まで、自分は何でもできて、自分は世界を変えられると思ってたんでしょ」

「人ひとりが一日生きるって、すごい大変なことだって、よくわかったでしょ」

「ミャンマーの難民助けようと思う前に、自分のすぐそばの足元見ないとねえ」

……………ぐさっ。とどめが刺さった。

粉雪舞い散る外の風景を眺めながら、病室の大きなガラス窓に手をつき、外を歩く人たちの姿を見ながら。わたしは、この世の巨大な地球の生態系のなかで、いかに自分が他人に頼って生きてきたかに打ちのめされた。「当たり前」だと思っていたことがいかに奇跡的なことだったか。いかに生きる苦労というものをわかっていなかったか。いかに「口だけ」人間だったか。なんという傲慢《ごうまん》なドアホウだったかにうなだれ、

「しにたい、しにたい、しにたい…………」

と窓際でドアのロックに手をかけながらブツブツつぶやき、お隣の患者さんや看護師さん方を、またしてもおおいに戦慄させたのであった。

〈Fasciitis-panniculitis syndrome〉〈皮膚筋炎〉という難病くじを、なぜか、ひいた。

わたしは、「難」の「観察者」ではなく、「難」の「当事者」となったのだ。

「冬」の季節、わたしは、まるで世界に自分ひとりしかいないような気持ちになった。世界に稀なる難病で、世界でいちばん自分が可哀そうで、世界でいちばん自分が情けなくて、惨めだと。

誰に何と励まされても、何を言われても、何の希望も持てなかった。

ただ、煙のように、消え入りたかった。

抗うつ剤、抗不安薬、睡眠薬の量は、一月、一気に増えた。

## 「おしり大虐事件」、はじまる

「当事者」ビギナー絶望女子に、さらなる追い打ちをかける、大いなる悲惨、「おしり大虐事件」が、一月末、幕を開けようとしていた。

一月末のある日。

わたしは休学届の延長手続きをするために、一日だけ外出許可を取り、車いすを病院から借りて、タクシーで四ツ谷の上智大学へ向かった。手続きを済ませ、久々に訪れたキャンパス内を行き交うナウなヤングたちを遠い目で呆然と見つつ、オアシスへ戻った。そこまでは、まあ、どうしてもしなくてはならないことであったので、仕方なくどうにかいたしました、というだけの話である。

ところが。その直後。

二十五歳女子の、おしり。おしりたぶの左側が突如として、腫れはじめたのである。このおしりの腫れが、信じがたい、筆舌に尽くせぬ、「おしり大虐事件」へと、大発展してゆくのであった。

パパ先生に言わせれば「上智菌！」なのだが、果たしてそのような菌が存在するのだろうか。

四ツ谷某所に生息する〈バクテリア・ソフィアン〉を世界ではじめて発見するチャンスだったのかもしれない。四ツ谷界隈では、おしりに注意したほうがいいのかもしれない。

何がほんとうの原因だったのかは、医学的にも立証されていないので、何とも言えない。とにかく、原因は不明である。たいていのわたしの病態は、奇っ怪すぎて原因はよくわからない。

みなさん、おしりは、大切に………。

# 第九章 わたし、流出する
## おしり大虐事件

「あ、これはまずい」

二〇一〇年三月某日。ドナルドダックに声がそっくりの草食系男子看護師I君は、至極冷静につぶやいた。

ここはオアシス619号室。わたしは昼食後十三時半のシャワーを終えて、日課となっている腫れたおしりの処置をお願いするため、ナースコールを押した。コールで来てくれたI君に、背中を向けた瞬間である。

さきほど病室備え付けのシャワー室で、新しい病衣に着替えながら、

「なんか生臭い。におうな」

と感じた。きっとこの病衣が臭いのだなと考え、I君にさらなる替えを頼もうとしていたところだった。

「はあ？」

わたしは何も異変に気づかず、いつものようにベッドの脇に突っ立って、髪をタオルで乾かしながら、女子のおしりをI君にさらすために、パンツのゴムに片手をかけていた。I君のドナルド声の冷静なつぶやきに、思わず振り返り、自分の下半身に目を向けた。

「ぎゃあああああああああ!!!!」

病衣のズボンが、血と膿《うみ》が混ざった濃厚チョコレートフォンデュのような液体で、全部びっしょりと染まっている。液体の流出元は、なにを隠そう、わたしの腫れたおしりである。しかもなにやらこの液体は、床にまでしたたりはじめている。すさまじい、生々しい香りが病室を満たす。

一リットルの涙、ならぬ、一リットルのおしりが、流出した。

これが平成の世、ゼロ年代に名だたる、『おしり大虐事件』の一端である。

この章は、オール、おしりの話です。

# おしり女子

おしり、おしり、おしり……。なぜ執拗に「おしり」などという微妙にムズムズするような、デリケートな単語を繰り返さねばならないのか。いたって主観的な観測だが、わたしほどおしりに人生を翻弄された女子は、この東京には他に存在しないのではないだろうか。

一時期、オアシスの院内では、わたしは「ああ、あのおしりの子」とスタッフのみなさまに認識されていた。「調子、どう?」という挨拶の代わりに、「おしり、どう?」と訊かれた。

わたし＝おしり。『おしり大虐事件』は、難病女子を「おしり女子」というさらに奇っ怪なステータスに変化させたのであった。

「事件」の発端は、二〇一〇年一月末にさかのぼる。

病室の窓の外では寒風が吹きすさんでいた。病室の中では、すっかり魂が抜けた女子がベッドに横たわり、ぼんやりと天井を見つめていた。

ステロイドの内服薬であるプレドニンを少しずつ増量しながら、ただ鬱々と病室で悩み続ける日々が続いていた。どうしたらいいのか、どこへゆけばいいのか、何のために生きているのか。わたしはかつての身体とともに、自身のアイデンティティのすべてを、存在意義のすべてを失ったと思った。

具体的にも、どうやって病院の外で生きていけばいいのかわからなかった。週に一度、一時間来てくださる臨床心理士のカウンセラーの先生に、ひたすら「どうやって生きていったらいいかわからない」と訴えていた。

そんな状態のなかで、「事件」は起きた。

大学院の休学届を延長しなければならなかったため、四ツ谷は上智大学へ、タクシーで行ってオアシスへ帰ってきた。身体的には当然非常に疲れたが、特筆すべきようなことは何も起こらなかった。かつての我がお庭が、なんだか現実感のないまるで遠い別世界のように見えたことくらいだろう。その二、三日後のことである。

## パンパンと腫れたおしり

オアシスの起床時間は六時半だ。クマ先生が朝、病室に顔を出すのは、だいたいいつも七時十分くらいだった。その日の担当の看護師さんが挨拶にやってきて、七時半には朝食が配膳され、八時過ぎには食後の服薬確認をしてもらわなければならない。自己管理をしていい薬と、看護師さんからそのつど毎回チェックを受けて受け取らなければならない薬に分けられていたりもする。シャワーを浴びられる時間も決まっているし、いろいろと細かい規則がある。

病院では、患者は決められたスケジュール通りに生活する。治療のために管理されているわけなので、当たり前と言えば当たり前なのだが、閉じられた集団生活である。他の患者さんやスタッフに気をつかったり、ほんの些細なことがすごく気になったり、せまい世界のなかで、気苦労は多い。

たとえば、氷枕を替えてもらうのに、病棟の様子をうかがって看護師さんが忙しくなさそうなタイミングを見計らい、ナースコールを押す。激務をこなすスタッフの方々に「ワガママな子だな」と思われたりしないかな、といちいちビクビクする。ナースステーションからかすかに聞こえてくるささやき声に、つい耳をそばだててしまう。お隣の患者さんが深夜咳き込んでいたり、具合が悪くなってスタッフが処置をしに来たりして眠れないこともあるが、お互いさまなので仕方ない。何も言わずに我慢する。

まるで、クラス内での自分のポジション取りに日々悩む中学生のようである。ドイツのギムナジウムでの少年たちの繊細な心情を描く不朽の名作漫画、萩尾望都《もと》の『トーマの心臓』みたいな気分になってくる。まともな患者生活には、高度なコミュニケーション能力と社会性が求められるのだ。

朝食は、いつもあまり食べられなかった。生きる気力がないときは、食べる気持ちも減退するものだ。

「ああ、また、絶望と苦痛に満ちた一日がはじまる……」

という鬱々気分が最高潮に達する時間帯でもあった。

以前も書いたが、オアシスのスタッフの方々のホスピタリティは、普通の大学病院ではあり得ないきめ細やかさである。ここは文字通り「オアシス」なのだ。一緒に入院していたあるサラリーマンのおじさんが、

「病院でメシが美味いと思ったのは初めてだよ！　ここはすごいよね！」

といたく感激していた。

陶器の食器。できるかぎり丁寧に手作りされている食事。作っているひとに、感謝したくなるような。それは、病院食としてはとても稀なことだ。

担当の管理栄養士、ステキな物腰の柔らかい眼鏡のオジサマが、ちょくちょく病室に訪ねてきては、

「大野さん、最近あまり食べられてないですねえ。ちょっとまた変化をつけてみましょうか」

と、いたって紳士的にメニューの調整をしてくれる。食事は、ステロイドの副作用を抑制するために、かなり細かい栄養管理がされていた。一日一四〇〇キロカロリー。糖質や中性脂肪を抑制しつつ、ビタミンやたんぱく質、ミネラルを必要量摂取させつつ、患者のワガママを聞きつつ、飽きのこないおいしい食事を提供するという至難の業を、ニコニコしながらやってのけるオジサマにプロの心意気を感じた。医療者の心意気を感じると、患者としても、それに応

えたいという気持ちが自然と生まれてくるものだ。

「お食事は、重要な治療の一環ですから」

オジサマに弱い女子としては、そうさわやかな笑顔を向けられると、「はうっ！」と胸がきゅんきゅんしてしまい、ついつい、

「そうですよね、わたし、がんばって食べます！」

と応答してしまうのであった。

とにかく朝ごはんが最大の難所である。主食をおかゆにしてみたり、パンだけにしてみたり、コーンフレークとパンを交互にしてみたり。マーガリンはいらないから無糖ジャムだけにしてとか、和食はいらないとか、ツナは嫌とか、豆乳と牛乳は交互でとか、まあそれはもう、わたし用メニューの「調整欄」にものすごい数の事項が列挙されていた。

咀嚼し、飲み込むことは、当時のわたしにとっては義務的行為でしかなかった。食べ物を見るとまず、「これは脂質、これは食物繊維、これはカルシウム……」と自動的に認識するようになってしまっていた。何を食べても、それはたんに「●●という栄養の入った物体」に過ぎず、味を一切感じなかったのだ。それでも、管理栄養士オジサマのステキな笑顔につられて、ちゃんと食べられるようにならなければ、といろいろと試行錯誤を重ねた。

こんな感じで、一月末のとある朝、茫然としながらもぐもぐとレーズン入りロールパンを咀

嚼していたとき。おしりの左側に、妙な違和感を感じた。ジーンとしてくるような、引きつるような感覚。

クマ先生に、

「先生、なんかおしりが変なんですけど」と報告する。

いくら医療者に対して身体をさらすことへの抵抗感を無理矢理消し去ったとはいえ、やっぱりおしりは、ちょっとなかなか見せづらい。その日はとりあえず、そのまま報告のみで終了した。

ところが、次の日の朝起きると、事態は一気に深刻化していた。違和感どころではなく、非常に痛い。火傷《やけど》のようにジンジンしてたまらない。おしりの左側全体が、硬いしこりのように、パンパンに腫れはじめていた。

ロールパンの次の日の朝は必ず食パンが出てくるように指定してあるのだが、患者用ラウンジのトースターでこんがりトーストを焼いている場合ではない。パンがどうこう言っている場合ではない。食パンを放置し、

「先生！　なんかおしりが腫れてるんですけど！」と半泣きで報告する。

「え!?　ちょっと見せて！」

クマ先生に従いベッドにうつぶせになり、女子大学院生のおしりを無残にさらす。一応先生も気をつかって、腫れていない右側は微妙にタオルで隠してくれた。おしりをぷにぷに触診さ

れる。とんでもない激痛が走った。ちょっと触られただけで、ひどい内出血を思いっきり押されたときのような痛みを感じた。

「こりゃ……熱感もあるな……まずい………」

まぬけにおしりを半出しにしながら、クマ先生とふたり、謎のおしりの腫れの行く先に、戦々恐々と震えあがったのだった。この朝の食パンは一口も食されぬまま、皿の上にただむなしく横たわっていた。

## MRI、ついでに卵巣膿腫《らんそうのうしゅ》も発覚!

わたしの病態は謎が多すぎるため、何かあったら即MRI行きが定番となっている。ご多分にもれず、骨盤周辺部のMRIの撮影を即指示される。入院当初は汗びっしょりの苦行であったMRIも、セイントなブッダ作戦とマイ耳栓持参作戦により、多少の耐久攻略法を身につけつつあった。

「わたしはブッダだ……わたしはブッダだ……」

目を閉じ、耳を塞ぎ、四十五分間、聖なる修行の世界にたゆたう(これはけっこう、効果があると思う。ぜひお試しください)。

クマ先生が、その日の夕方さっそく、MRI画像のフィルムを619号室へ持ってきた。おしりの左側部分、脂肪組織が真っ白に染まっていた。白く映るのは「炎症」している証拠である。巨大な炎症の塊が、なんの因果か知らないが、おしりに出現したのだ。

さらに同時に、余計な事実まで明らかになってしまった。右側の卵巣が、膿瘍《のうよう》化している。卵巣膿腫だ！　オアシスに婦人科はない。よって、外部の専門医の診断を受けるまではっきりとはわからないが、これが悪性腫瘍化したら、いよいよアウトではあるまいか。

「おしり……卵巣膿腫…………」

新たな病変のダブルパンチに、目の前が真っ暗になってくる。

クマ先生もそわそわしながら、眉間《みけん》にしわを寄せる。

「まあ、卵巣は今のところ悪性じゃないように見えるし、今すぐどうこう焦らなくても」

「おしりだよ、おしり。おしり。最たる問題は、お・し・り」

## ゾーシン増進、でも失敗

真っ先に、何らかの細菌感染が疑われ、抗生剤の投与がはじまった。

昨今、途上国での抗生物質の乱用によって生まれた、多剤耐性菌の問題が話題になっている。確かに、健康な人はむやみやたらと抗生剤を使うのはよくない。しかし、自己免疫疾患の難病患者にとって、抗生剤は感染症にかかった際に不可欠な命綱だ。ステロイドや免疫抑制剤の副作用で、免疫力が極端に落ちているため、「ただの風邪」でも大変なことになってしまう。もしも感染症に対して手を打つのが遅れ悪化すれば、間質性肺炎や敗血症を引き起こす可能性もある。そうなれば命の危機である。わたしは、抗生剤は使うしかないのだ。しかし、使えば使うほど耐性ができて効果が鈍くなるし、薬に対するアレルギー反応が出ることもある。感染症を繰り返すごとに、どんどん使える抗生剤の選択肢もなくなっていく。つねに矛盾だらけの、スレスレの命の攻防を繰り返している。

さてともかく、二月一日から、クマ先生渾身《こんしん》のおしり殲滅《せんめつ》作戦が開始された。ペニシリン系の抗生剤、「ゾーシン」の一日三回の点滴投与がスタートした。

しかし点滴というものは、留置針がなんとも切ない。世の点滴を頻繁にしなくてはならないという御身のみなさま、そうは思いませんか。

留置針とは、点滴を一定期間続ける際、刺しっぱなしにしておく柔らかい点滴用の針のことだ。そのつど針を刺していたのではあっという間に刺せる血管がなくなってしまう。

副作用で血管が弱くなっているわたしは、一発で三、四日もてばバンバンザイ。血管が丈夫なひとは一週間くらいもつらしい。しかしシャワーを浴びる時も、食べる時も、寝る時も刺しっぱなしなわけで、その微妙な痛みが切ないのだ。血管壁に針があたると、シクシクと血管痛もする。

この留置針をいかにもたせるか、が真剣勝負なのである。もろくなった身体に刺せる良好血管スポットの選択肢は、ほんの数か所しかない。ダメになりそうになると、引っ張ったり、角度を調整したりして、なんとか点滴液を流しこむ。

留置針に点滴のチューブをつなぐ前後、「ヘパリン」という血液が固まってしまうのを防ぐ液体を注入する、「ヘパロック」と呼ばれる作業がおこなわれる。「ヘパロック」され、血管がひんやりとし、流れている感じがすればＯＫ。ここで痛みを感じたり、腫れたりすると、もうその部分は使えません。アウト！　のサインなのだ。

このような単語やらも、オアシスに入院してから初めて覚えた。

クマ先生は、できる限り、わたしの留置針は自ら刺してくれた。クマ先生がテクニカリーエクセレーントなおかげで、我が血管はなんとか息をつないでいたわけだ。

一日三回、朝の五時半、午後の二時半、夜の十時、ゾーシンの点滴をした。わたしは、早朝から深夜に及ぶそれをただひたすら我慢した。ところがゾーシン投与作戦は、開始から十日目という中途半端すぎる道なかばで、頓挫する。腫れたおしりは、びくともしないままに。

二月十日。三十八・五度の発熱。ゾーシンに対するアレルギー反応、薬剤熱だった。

「ゾーシンは中止！」

クマ先生とパパ先生が二人して会議を放り出して小走りで飛んできて、口をそろえて叫んだ。

わたしは、「ワ――――ン！」と、声をあげて泣いた。この十日間で得られたのは、両腕のボロボロになった血管と、ペニシリン系抗生剤へのアレルギーだけだった。

「こんなことくらいで、泣いてどうする」

クマ先生は、ぎゅっとわたしの手を握り締めて、言った。

## 悲惨！「座れない」女子ライフ

腫れたおしりが人間に与えるダメージは、想像以上に深刻であった。

第一に、「座れない」というのは、実に困ったことなのである。おしりを平面につけることができない。何もしなくともただでさえジンジンと痛むうえ、何かに触れたり体重をちょっとでもかけようものなら、耐えがたい激痛が走る。この悲惨は、もう泣くしかない。

座るというのは、覚醒している人間の基本的姿勢である。仕事をするとき、本を読むとき、パソコンで作業をするとき、誰かと話すとき、人間は座るのが自然というものである。座れることのありがたみを、おしりの恩恵を、人類はイマイチ認識していないのではないか。「座れない」場合、立っているか、寝ているかしかできない。

「座れない」女子ライフの実態とは、果たしてどのようなものであったのか。

お食事の際は、立ち食いである。オアシス６１９号室の備え付けの小さな机に、ごはんのトレイが配膳されると、わたしは直立不動の起立姿勢で食べた。必死に、食器を握りしめて食べた。あまりにつらくて、情けなくなって、さすがに涙が出た。

寝るにも、支障をきたす。とりあえず、仰向けに普通に寝ることができない。看護師さんたちが、病棟の倉庫を大捜索し、ありとあらゆる形状のクッションを出してきてくれた。ピラミッド型、四角型、丸型……。ベッドの左側に積み木のようにクッションを盛り、なんとか炎症しているおしり左側を宙に浮かせて寝る。

不自然な姿勢をとらざるを得ず、寝返りも打てないので、日ごとに寝ることすらも苦痛に満ちてくる。全身が軋み、ギンギン痛む。

「座れない」女子は、いかなる姿勢をとっても、どこにいても、まともに休息することすらできなくなってしまった。

このような悲惨なおしりライフに、さすがのパパ先生も、

「立って食べるのはちょっとかわいそうだな……」

と同情の念を禁じ得ないようであった。「上智菌！」とおしりを叱るが、おしりは叱られても一向に反省の色を見せない。いつまでも懲りないおしりに、パパ先生のフラストレーションは、たまっていく一方である。

イケメンのヨッシー先生も、廊下の手すりにつかまり、立ちんぼで必死に痛みに耐えるわた

しを見かね、

「おしりかわいそうに……」

と優しく肩をたたいてくれる。どうせたたかれるならイケメンがいいよな、と思った。女子のミーハー心は、たとえおしりが腫れても、なおしぶとく健在であった。

宇宙プロフェッサーは時折、颯爽と619号室を訪ねてくださり、

「おしり、だいじょうぶ？　で、僕は明日からアメリカでね……（省略）」

と相変わらず宇宙の力を炸裂させ、人類の無限の可能性と楽観的であることの重要性を病室内に充満させ、アメリカに飛んでゆかれる。

クマ先生は必死に策を練る。この世のありとあらゆる軟膏を塗ってみた。湿布も貼ってみた。冷やしてみた。温めてみた。エコーもかけてみた。しかし、奮闘むなしく、おしりはますます腫れあがり、硬直化していく一方であった。

わたしは、この一月末から三月半ばまでに及ぶ「座れない」日々のあいだ、我がおしりの行く末について、さまざまなパターンを想定し検証した。

まさか、このまま一生おしりが腫れたままなのだろうか。一生「座れない」まま、「座れない」おばあちゃんになりゆくのだろうか。わたし専用の、おしり左側だけがすっぽりとはまる穴のあいた椅子やベッドを早急に開発する必要があるのではないか。もうこの際、名前も改名して「おしりちゃん」になったほうがいいのか。この巨大な炎症の塊が石灰化したら、わたし

のおしりはもはや人類のおしりとは一線を画した、かなりの硬度をもってしまうことになるのではないか。ナドナド……。

## ついに起こる、『おしり大虐事件』

ああ、「おしり」という単語をいったい何回使っただろうか。物事には、必ず顚末《てんまつ》というものがある。この世のすべては、変わってゆく。わたしのおしりも、もれなく。

三月。いつの間にか「春」の季節をむかえていた。

いつまでも動かぬ事態に、先生もわたしも、もう限界だった。気が狂いそうだった。何でもいいから、何か変化が必要だった。プレドニンの量は、一月末からずっと一日二十ミリグラムのままだった。ここで、ひとつの決断をする。投与量を増量してみることを、クマ先生と話し合って決めた。

三月某日。プレドニン四十ミリグラムを、茫然自失状態で飲み込んだ。

一日のプレドニンの量を四十ミリグラムに増やした、そのほんの二日後。『おしり大虐事件』は、起きたのだった。

朝起きて、「ちょっと、いつもより表面がかゆいなあ」くらいに思っていた。普段通りのスケジュールをこなし、十三時半のシャワーを浴びた直後。わたしのおしりは、ついに破裂した。一リットルのおしりが流出した、というのは、別に比喩《ひゆ》ではない。ドナルド声のI君が至極冷静に緊急要請をかけ、クマ先生、外科の先生、看護師長、看護師三名が、619号室に出動してきた。おしりコードブルーである（ちなみにコードブルーとは、病院内で患者の容体が急変した緊急事態の際に発せられる用語だ。突然院内放送で「●階病棟にてコードブルー」と流れてきたときは、びっくりした）。おしりを人前にさらすことなど、もはやどうでもよくなっていたので、そのあたりが問題なのではない。とにかくわたしの液状化したおしりは、流れ続けていた。

わたしは立たされ、地球の重力に従ってしたたり落ちてくるチョコレートフォンデュ状態の「元おしり」液体を、I君がボトルで受け止める。出てくるわ出てくるわ。あまりのシュールな光景に、「この世の中に、こんなことがあるんだ」と他人事のような気分にすらなってくる。

クマ先生は頃合いを見計らい、

「はい、今度はうつぶせになって寝て！」

と指示を出す。ベッドに移動させられる。クマ先生と外科の先生が二人がかりで、力任せに、液体を絞り出す。細菌満載の、ずいぶんと体内に長居した「元おしり」液体。脳天直撃の激痛が走るが、タオルをくわえてうなって耐える。さようなら、わたしのおしり……。

ほんとうに、この日だけで、おしり約一リットルが流出したのだった。

破裂したおしりのあとには、脂肪組織が流れ出した痕、まるで洞窟のように巨大な空洞ができあがった。おしり洞窟。おしり女子は、ついに、人類から有袋類《ゆうたいるい》へと、超絶的な変身をとげた。ビルマ女子↓難病女子↓おしり女子↓有袋類。人生とは、確実に妙ちきりんなものである。

このようなすさまじい破裂痕ができると感染リスクも当然高まるので、プレドニン投与量はたった二日間でまた二十ミリグラムへ落とされた。

『おしり大虐事件』によって生まれたおしり洞窟は、女子を文字通りの生き地獄に誘い込んでゆくのであった。

しかし、われながら、すごい話だな、これは……。

# 第十章
# わたし、溺れる
## 「制度」のマリアナ海溝へ

二〇一〇年一月末、某日。

「こ、これが……」

いかにもお役所っぽい、こげ茶色のパースケースのような形状をしたビニール製カバー。金色の字で、「身体障害者手帳」「東京都」の印字が水戸黄門のご印籠のごとくシブくかがやく。

その中には、わたしの顔写真付きの、紙きれが入っている。

そこに書かれていることが、すべてだ。わたしの、運命を決める。

〈身体障害程度等級　二級〉

注：再認定期日平成二十五年●月

これが、世にも稀なる難病女子の「身体障害者手帳」。

さあ、生死をかけた「モンスター」とのデスマッチのゴングは、鳴り響いたぞ。

## 難病女子、「障害者」になる

一月末、衝撃の『おしり大虐事件』の真っただ中にあったわたし。当然、おしりのことで身も心も手いっぱいな状況下におかれていた。

「座れない」、激痛で身動きがとれない、さらには感染症罹患《りかん》を疑われていたわけで、病院玄関の外にすら出られない。

「身体障害者手帳」は当時住民票を置いていた小平の長屋に郵送で届き、Mちゃんがその封筒をオアシスの病室に持ってきてくれた。

とりあえず、主治医のクマ先生に、

「先生、手帳が届きました。二級です」

と報告する。

クマ先生は、

「え！　あ、そう！　二級か、よかったねえ」

と一言。

先生は、余計なことは言わないタイプの医師である。直球で白熱教室を開講するパパ先生以上の喰わせ者だったりする。いつも、「自分で調べて自分でやれば」とわたしをひそかに調教しているのだ。一見無害なプーさんをよそおっているが、実は裏の顔はブラックベアーなのである。もちろんそれは、先生なりの、わたしへの深い優しさに基づく振る舞いなのだが。

わたしは、「身体障害者手帳」が具体的にいったい何の役に立つのか、ほぼ無知に等しかった。普通、自分は「障害者」になったのだろうか、みたいな自問自答がなされるのかもしれないが、まったくそういった思考は浮かばなかった。

この先、生存できるかどうか、のレベルの悩みであり、社会的立場がどうとか、障害者だからどうとか、そんなことはまったく考えなかった。考える余裕がなかった、と言ったほうがいいだろうか。

わたしは何故かこれまで、難病をカミングアウトするかどうか、という類の葛藤を感じたことがない。他の人から、「よくそうすんなりと他人に全部話せるねえ」と言われてはじめて、「あ、そうなんだ」と気がついた。

べつに、日傘を買いに連れていってもらったデパートの売り場のお姉さんにだって、「難病で紫外線が浴びれないんですよ、ちゃんと紫外線を遮断してくれる日傘が必要でー」

と普通に言う。

行きたいイベントや講演等の主催者の人にも、

「難病で車いすタクシーで行くので、すみませんがよろしくお願いします」
と事前に伝えておく。

だって、難病も障害も、べつにその人は悪くない。選んでもいない。地球上の人類の中で、一定数の確率で誰かが負うことになる「難」のクジを、たまたまひいてしまっただけである。わたしの場合は、ほぼ症例のない、超稀なるクジであるわけだが。

むしろどんどん言っていこう、みたいなノリである。医療難民、生存ギリギリの状態で、なりふりかまっている場合ではない。デッド・オア・アライブ。

お財布の中の運転免許証やTSUTAYAの会員証に、障害者手帳が加わっても、わたしはわたしである。寅さんが好きで、ビルマが好きで、思い込みの激しい、妄想過多な、わたし。

## 学術書より難解な「手帳」

さて、ひとまず、届いた手帳には「二級」と書いてある。これはもしかしたら「一級」がトップで、上から二番目ということなのではないか。上から二番目ということは、何かしらの役に立つのではないか。「再認定」の文字が、微妙に気にかかるところではあるが。

とりあえず、小平市役所の障害者福祉課に電話をかけて、入院中で外出できない旨を伝え、説明書一式を病室宛てに郵送してもらうよう、お願いをした。

さっそく、届いた資料をめくり、「障害者のためのサービス一覧」を読む。

一応、難病女子は大学院生でもあり、これまでそれなりにかっこつけて難しそうな本も読んできた（もう内容はほとんど忘れたが）。泣く子も黙るベネディクト・アンダーソン大先生の『想像の共同体』から、ロバート・チェンバース、ピーター・シンガー、宮本常一、竹内好《よしみ》、うんぬんかんぬん……。読解力は、人並み程度にはあるはずだと思っていた。

ところが。たいへん困ったことに、この「障害者のためのサービス一覧」の内容がまったく理解できない。意味不明である。なんというか、刑法や民法を読んでいる感覚というか、記号の羅列《られつ》にしか見えず、意味がまったくわからない。

まずは、初歩的な状況から把握せねばならないだろう。パンパンに腫れたおしり左側を宙に浮かせ、いたって不自然な姿勢でベッドに横たわりながら、必死に資料を読む。

二〇一〇年時点の日本において、「障害者基本法」が存在している。さらに「身体障害者福祉法」という法律があり、それに基づいて身体障害者手帳は支給される。そして、「障害者自立支援法」という法律にしたがって、住民票を置き居住している自治体がサービスを支給する。うん、ＯＫ。

そしてどうやら、「障害者手帳」にもさまざまな種類があるらしいこともわかった。まず、「身体障害者手帳」だけでも、

○視覚障害
○聴覚障害
○平衡機能障害
○音声、言語機能障害
○そしゃく機能障害
○肢体不自由
○内部障害（ＨＩＶや腎臓・心臓など、特定の臓器・疾患に限定されている）

これだけの種類がある。さらには、それぞれ等級がつく。わたしが申請できたのは「肢体不自由」。前述したように、メジャーや分度器で、手や足の曲がる角度、歩ける距離を測り、立ったり座ったりできるかどうか、などで等級が決まる。「肢体不自由」の等級は、一級から六級（実は七級もあるのだが、七級単独では手帳が発行されないので実質的にはないに等しい）まで存在する。ふむふむ。

さらには、「身体障害者手帳」のみならず、手帳の種類が他にもあることが判明した。知的障害をもつ人に支給される「愛の手帳」。こころの病をもつ人に支給される「精神障害者保健福祉手帳」。それぞれ、適用される法律も仕組みも違う。し、知らなかった！

## 障害者制度の大海原

　そして、数十種類以上に及ぶサービスのなかで、それぞれ、障害の種類と等級によって、使えるものが決まっていく。もし、該当して、使えるサービスがあったら、ひとつひとつ、市役所の各担当課で申請手続きをしなければならない。申請する窓口も、それぞれ違う。しかも、申請するたびに住民票やら非課税証明書やらなにやら添付書類が必要なのである。す、すさまじい手間、困難！　これでは、書類の海に溺れてしまうではないか。

　まあ、ともかく、巨大な大海原も、浜辺の第一歩からである。まず手始めに申請してみよう、と考えたサービスは「東京都都営交通の無料パス」。これで、都営バスや都営地下鉄が無料で使える。ぜひとも申請せねばなるまい。その他、「民営バス割引」。「ＮＨＫ受信料の減免」。「月額約三千円のタクシー券の支給」などなど。

　これらは、わたしが「肢体不自由」の上肢と下肢の総合判定で「二級」を支給されているから、使える。一覧表を見た限り、「二級」とそれ以下の等級の差は、かなり大きいもののように見えた。

　ここで、「再認定」の文字がかなり気になってくる。つまり、わたしが支給されたこの手帳は期限付きで、平成二十五年の再認定によって、等級が変動するかもしれないということなのだ。背筋にぞーっと震えが走った。

ちなみに等級が変動することは、この本を書いている現在、わたしが在宅で生きるために利用しているサービス（在宅ヘルパー支援等々）がほぼ利用できなくなることを意味する。今でさえ、生存ぎりぎりライフである。まあ、万が一そうなれば……ちょっとまたラウンドアップ自決、山手線飛び込みなどを検討せざるを得ないかもしれない。まさしく致命傷。笑いごとではないが、とりあえず、あはは、と空笑いでも飛ばしておこう。


それにしても、こんな状況下で他の難病の人たちはどのように生存しているのだろうか？

おしりが腫れた難病女子は、病棟を徘徊し、こそこそと他の患者さんをリサーチする難病研究女子まがいとなった。患者さんへのインタビューと、文明の利器 e-mobile を駆使しインターネットによるリサーチを試みた。

結果、自治体の対応やサービスの内容について、東京都内の二十三区、市によってかなりの格差があることがわかった。都道府県をまたげば、相当の、天と地のような格差がある。

東北の某所から来ている患者さんに聞いたところ、

「わたしは二級の手帳を持っているが、『タクシー券』など、聞いたこともない」

杉並区某所から来ている患者さんに聞いたところ、

「わたしは手帳なんて取れないけど、特定疾患（難病）でタクシー券もらってるよ」

群馬某所から来ている患者さんに聞いたところ、

「三級の手帳持ってるけど、ＥＴＣの割引以外使えるものないけど」

神奈川某所から来ている患者さんに聞いたところ、

「わたしはもう死にかけてるけど、ヘルパーさんどころか、窓口で『有料老人ホームに行ってください』、と言われたわよ」

某区から来ている患者さんに聞いたところ、

「もう二度と、区役所なんか行かない。わたしはもう死んでも国には頼りたくない」

インタビューする人によって、言うことがまったく違う。いったい、どういうことなんだ。タイ―ビルマ国境の難民キャンプですら、支援体制はもうちょっと易々と体系的に把握できたぞ。なぜ同じ「難病」なのに、これほどまでに認識が異なるのだろうか。まったく不可解である。これは、明らかに、ジャングルだ。いや、見果てぬインド洋だ。太平洋だ。

つまり、「障害者自立支援法」という法律で大枠が決まっているものの、その制度の運用は自治体の現場次第で、お金のある自治体はいいサービスが提供できるし、お金のない自治体はお金がないなりのサービスしか提供できないということなのか。

## 難病患者のマリアナ海溝

そして、決定的な事実が、見えてきた。難病患者や慢性疾患のひとにとって、手帳を取得することはとても困難であることが、インタビューやリサーチを通してよくわかった。

戦後、戦争で怪我を負った軍人さんの保護を主たる目的に始められた日本の障害者福祉施策においては、「目に見える障害」＝「身体障害」という概念が、いまだにメインストリームとして引き継がれている。どんなに苦しくても、痛くても、関係ない。

わたしは、心の底で、かすかな期待を持っていた。日本は経済大国で、きっと、立派な社会保障制度が存在しているのではあるまいかと。常に生存崖っぷちの難病患者となれば、それなりに、保護を受けられるのではないだろうかと。

そうではなかった。ここは、マリアナ海溝なのだ。難病患者は、「制度の谷間」に落ち込む、福祉から見捨てられた存在だった。

パパ先生がわたしを毎日二時間叱り続けるのは、マリアナ海溝にドボンと落ち込んでも溺れ死なないド根性を、強制的に育成するためだったのだ（しかし、ひとこと言わせてもらえば、わたしは繊細な現代っ子なので、ほめられてのびるタイプである）。

## 明治維新か！

患者と医師との関係性というのは、なかなか難しい。患者は患者の立場でものごとをとらえるし、お医者さんにはお医者さんなりの頭痛の種というものがある。ときにはすれ違い、喧嘩もする。入院が長期化し、毎日顔を合わせていれば、なおさらだ。

大難病リーグ養成ギプス学校のボス、パパ先生は、はっきり言って、患者が社会福祉制度を利用することを、あまり良しとしないタイプの医師である。

入院初期など、「し、障害しゃ……」とちょっとでも口に出しただけで、

「甘い！　はじめからそんなものに頼ろうと思うなあー!!」

と怒号が飛んできた。

パパ先生の白熱難病教室の基本的教育姿勢は、「自立自尊」「自己責任」だ。パパ先生に反論できる患者はほぼいない。なぜなら、先生自身があまりにご立派に医師としての筋を通しており、自らの名誉や学会での地位などかなぐり捨て、私的な休みもなく、体調管理も自己管理も完璧、二十四時間三百六十五日患者のためにすべてをささげる、言行一致のまっとうすぎる医師だからである。

「何でもあるものに頼ろうとしてはいけない。最近の若い者には根性というものがない」

「うちの子どもには、厳しくしている。塾など行かせない。勉強したいなら自力でいくらでもすればいい。僕はすべて自力で勉強してきた」

「うちは余分な金はないから、ケーキでもなんでも妻が自作する」

なんとご立派な人生を築かれていることだろうか。このような先生にお説教されると、なん

だか、社会保障制度を使うことが申し訳ないように思えてくる。こうして、粛々と、ひたすら耐えることが患者の「美学」であるように修行に励む、美しいエリートドM患者が輩出されてゆくのだ。

しかし、パパ先生に言わせれば「甘い現代っ子」女子であるわたしは、思った。はっきり言って、思った。

「明治維新か！」

自立自尊にも程度というものがあるのではないか。坂本竜馬じゃないんだから。現代の世の中は、ものすごいスピードで構造が変化してしまっているのだ。

パパ先生が言いたいのは、つまり、こういうことだな。いかにマリアナ海溝で溺れようとも、無酸素状態だろうとも、自力で浮き上がってこいと。「根性」であらゆるすべてを乗り越えろと。

パパ先生は、エリートドM外来を終えると、その勢いもさめやらず、619号室へ颯爽と毎夜登場し、「名言」をガンガン繰り出してくる。もはやサンデル先生どころの話ではない。サッチャー氏あるいは中曽根氏に、常時隣につきそわれているようなものである。

「自立せよ！」

「労働せよ！」

そんな明治維新的説教に、毎日とどまることない大津波にもまれるかのごとくさらされながらも、わたしの生来の「反逆」グセもまた、意外にしぶとく残っていたのである。

「自立」って、果たしてどういう意味なのだろうか？　この日本社会で、裸一貫「自立」している人間なんて、果たして、いるのか。自力でなんでもできる、そんな人間が今、存在するのか。先生たちだって、Windows7や、ご伴侶のサポートや、Suicaのチャージや、スーパーエリート医師としての社会的ステータスや、生まれた時代の「運」等々に多少なりとも依存しているのではあるまいか。人間は「社会」のなかで、互いに依存しあって、生きているのではないのか。

人間には生まれながらの「人権」や「尊厳」があると日本国憲法に表記されているではないか。そもそも、難病や障害があるからといって、なにゆえこのように声すら殺して苦しみ続けなければならないのだろうか。自分のやりたいことができない、自分が行きたいところに行けない、のが当たり前なのだろうか。

「権利」はただの「建前」で、我慢し続けるのが「美しい」とはどういう理屈、というか理屈になっていないではないか。

あいにく、不肖甘ったれのわたしは、そのような「美学」で命尽き果てるより、具体的に自分がどうやって明日生存できるのかどうかを考えるほうが、よほど大事なことに思えた。
二、三時間のお説教、取っ組み合いのバトル、一〇〇〇倍の説教反撃でコテンパンにされることを覚悟で、勇気を振り絞って、突っ込みたかった。何度そう思ったことか知れない。

「『頑張れば、なんでもできる』…………わけがあるかあ――――！」

オアシス619号室のトイレの中で、忸怩《じくじ》たる思いを、経費削減のために安っぽくゴワゴワして拭き心地が悪いトイレットペーパーを、ブッチブチに破ることにより、かろうじて発散した。


わたしは、宇宙プロフェッサー、パパ先生、クマ先生の三位一体トライアングル体制が、社会福祉についてはわりとニブイことを、悟った。でも、口にはついぞ出せずにいる。こんなところで文字に出していいのかもイマイチわからないが、せっかくの機会なので、こっそりと書いておこう。

先生たちが悪いとか、そういう問題ではない。患者のために過酷な勤務に身を削る浮世離れした日々を送っていれば、世間のナウなヤングの複雑な事情など、なかなか実感として想像もしにくいだろう。診察と研究だけで超激務なのに、そのうえ行政の書類や診断書の山に埋もれては、先生たちまでいよいよ過労で共倒れしてしまう。

よって、一九八四年生まれの文系小娘は、この「明治のパパ」の思想に表向きは納得しつつ、陰でこそこそ隠れて自力で社会福祉制度について勉強し、手続きし、マネジメントしなければならないという、現代難病女子の生き姿を、我が身で開拓してゆく羽目になったのである。

まあ、ある意味、パパ先生の白熱難病教室が産んだ、「新型」だ。抗生剤を多用しすぎて抗生剤が効かない菌が生まれてくるように、説教に打たれすぎて説教をとびこえる厄介な新型難病女子が、ここに生成されてしまったのであった。

ついでに、パパ先生には、患者と張り合おうとするヘンな癖もある。愛すべきパパの癖だと、わたしは思っている。

「僕は今日、二万歩も歩いたよ、どう？　ははははは！」

いや、だから、先生。先生は、健康体なわけで。わたしは、あなたの難病患者なわけで……。先生、若い庶民の、ゼロ年代の世は弱肉強食のジャングルなんです。相当に。

## ソーシャルワーカーさんにフラれる

昨今、大病院ともなればたいてい、「ソーシャルワーカー」の相談室が設置されている。社会福祉士などの資格を持った、福祉の知識のある相談員が、さまざまな行政関係の悩み事の相談にのってくれるという、患者にとってはたいへん助けになる施設である。みなさんも、ぜひたいへんな事態に陥った際は利用したほうがいい。

しかし、ここにもまた、世知辛い問題が存在する。経営に必死な医療機関は、そうそう何人もソーシャルワーカーを雇えるわけではない。大きな大学病院で二、三人とか、そういうレベルの人員配置なのである。ビンボーなオアシスは、当然、お一人しかいらっしゃらない。一人で、全病床、全外来の患者の相談にのらなければならないのだ。

ちなみに、ソーシャルワーカーさんにもいろんなタイプ、いろんな考え方のひとがいる。その人のバックグラウンドも、経験も、さまざまである。わたしの至極主観的な印象では、オアシスのソーシャルワーカーさんは、「クールに、一歩引いて」タイプの方であった。

高額療養費払い戻し制度、難病医療費等助成制度、身体障害者手帳の申請、さまざまな制度があることをここで知り、確認し、丁寧に応対していただいた。ソーシャルワーカーは基本的に相談にのるだけで、手続きの代行などはできない。各自治体ですさまじい格差がある複雑怪奇な制度すべてに対応できるわけでもない。細かいことを役所に確認したり、手続きをするのは、患者自身なのである。

何事も凝り性、心配性、妄想過多なわたしは、必然的に、「ソーシャルワーカー室」に通いまくり、相談をしまくった。

だがまあ、物事には、やはり変化と限界がある。

「どうやって生きていけばいいのか」をいつまでもひたすら嘆くわたし。腫れたおしりで「座れない」状態、半ケツ座りで、メソメソとソーシャルワーカー室にウツの放射線を充満させ続ける。

そんなわたしを見かねて、三月のある朝、こう言われた。比較的、冷たく。

「あのね、大野さん」

「とにかく、退院して在宅に切り替える道を探るしかないんじゃないですか。これ以上、ここで話せることはありません」

わたしのその時の心情は、表現しがたい。

これまで、いろんな人に相談してきた。クマ先生、パパ先生、薬剤師さん、臨床心理士のカウンセラーの先生、看護師さん、ソーシャルワーカーさん。それぞれ、まったく異なる反応、その時々によって違う答えが返ってくる。

つまり、現代日本において、窮地に陥ったわたしのような難病患者が「どうやって生きていけるのか」の問いに対する処方箋は、皆無なのだ。

ソーシャルワーカーさんは会話を絶つかのように、椅子から立ち上がり、一言。

「お気の毒だけど……」

これが、現実なんだ。
フ、フラれた。
すがろうとしていた藁が、ぷつりと、切れたような気がした。

## またしても、腫れたおしりでご退院

三月某日。腫れたおしりの痛みがピークに達していたころ、またしても、衝撃の「ご退院」をしなくてはならないことになった。世間の風とは、ほんとうにクールなものである。無残なものである。入院させてもらえるだけでありがたい、そんな世の中になってしまったのである。

しかし、以前「診療報酬」の話には触れたが、わたしは、単純に入院日数を削減すれば医療費を抑制できる、というのはちょっと違うのではないかと経験的に思う。きちんと治らないまま患者を放り出してしまえば、また悪化して再入院、また延々の外来通院、の繰り返しではあるまいか。行き場のない患者は、こんにち、ほんとうに「難民」と化している。

そんなこんなで、「座れない」かつご重体にもかかわらず、ふたたびの「ご退院」を迫られる。ムーミン谷への片道五時間以上におよぶ旅路に耐えるのは、ほぼ無理である。

わたしは、ビルマ関係のＮＧＯで知り合った、オアシスからそう遠くないところに住んでいるご夫妻のもとで、数日間お世話になることになった。このご夫妻がこの時助けてくれなかったら、わたしのおしりは東北新幹線の車内で破裂していたかもしれない。

しかし、おしりが腫れた難病女子をおうちに泊めてくれるなど、なんと心の広いことであろうか。わたしはご夫妻のマンションのソファで、やはり不自然な体勢をとりながら、「ご退院」期間をやりすごした。

## ヘンなフランス人と陰謀を企む

目下、最大の問題は、「居住」である。現実的に、小平の長屋で生活し、オアシスまで通院するのは不可能である。小平の長屋は、ＪＲ武蔵小金井駅から徒歩三十分以上かかる。しかも、シェアしている盟友Mちゃんに、多大な迷惑をかけることは必至だ。

かといって、ムーミン谷に帰ることもできない。難病医療費等助成制度は、都道府県をまたいでしまうと、いったん自己負担してから、その後払い戻しされることになっている。いくら後から払い戻されるとはいえ、毎月、何十万、何百万という現金を準備できるはずがない。車と新幹線で通院するとなればその往復の交通費、さらには身体的負荷に、とてもじゃないが耐えられるわけもない。わたしを処置できる医療機関は、オアシス以外に存在しないのだ。仮に、実家で病状が急変すれば、その時点でオシマイである。帰れない。

オアシスは都心Q区に位置している。ここは、一般病床だ。いつまでも入院しているわけにはいかない。入院があまりに長期化すれば、先生たちは、わたしを長期療養病床に移動させることを検討せざるを得ない。そう、かつての、あのワンダーランドへ。強制送還。わたしにとってそれは、治療の面でも、精神的な面でも、「終わり」を意味する。

まさしく、八方塞がり。行き場なし。パーフェクトな四面楚歌である。

そのころ、わたしは一緒に入院していたヘンなフランス人のムッシュと仲良しになりつつあった。ムッシュも、原因不明の難病におそわれ、ステロイドや数多の薬とともに、二年間以上入退院を繰り返してきた激戦仲間である。

フランス語学科に在学中、多少なりとも在日のフランス人と付き合ってきたわけだが、このようなヘンなフランス人に出会ったのは、はじめてである。なにせ、日本語で日本人でも繰り出せないするどいオヤジギャグをバンバン飛ばしてくるのだ。「のりたま」を白いごはんにかけるのも欠かさない。

われわれはステロイド投与仲間であり、つねにその副作用である糖尿病に警戒しなければならない。わたしはいまのところ発症の片鱗はないが、ムッシュはバリバリ、インシュリンの注射を毎日打っていた。だが、フランス人は食には妥協しない。プティング、クロワッサン、シュークリーム、数多の「ブツ」を隠し持っていた。そしてわれわれは、患者用ラウンジでともにお食事をするようになり、「ブツ」をこそこそと分け合うようになる。

夕食時、ムッシュと、日本人の奥さんと、わたしの三人で奥さんお手製のリンゴジャムとフロマージュ・ブランを広げた瞬間。ムッシュのさわやかなイケメン主治医が、

「調子はどうですか？」

と顔を出し、われわれは冷や汗とともにいっせいに机の下に「ブツ」を隠す。イケメン先生は、

「ん？　何？　今なに隠した？　あっ、ダメでしょ、また甘いもの！　大野さんもだめだよ！」

ほとんど、小学生の振る舞いである。

ちなみにこのイケメン先生は、わたしよりほんの三歳年上にもかかわらず、男性患者をも「はーん♥」とノックアウトさせるハンサムな御顔と、いい腕を兼ね備えた、まったく突っ込む隙のないオアシスのアイドルである。しかし、左手の薬指には、指輪が光っている………ああ無念だ。

わたしは、たまにエレベーターで一緒になったりすると、「はーん♥」とドキドキしていた。廊下を徘徊しているとき、「がんばってますね！」と一言声をかけられたときなど、一瞬難病も吹っ飛ぶかと思ったくらいさわやかな風が颯爽と吹き抜けた。イケメンの力は、偉大だ。

ムッシュは、オアシスから車で五分程度の場所に住んでいた。わたしが延々、めそめそと四面楚歌な状況を語ると、奥さんが一言、言った。

「近くに住んじゃえば？」

え。うそ。

「いや、住めるんじゃないかなあ。世間のイメージよりは、家賃高くないよ。ほら、今、リー

マンショックで相場も下がってるし」

「Q区なら福祉も充実してそうだし、ひとりでも暮らしていけるよ、きっと！」

そういう夢のような考え方も、まああるか……。そのときは、その程度に思った。ムーミン谷から出てきて、ビルマの山中での雑魚寝《ざこね》に慣れ親しんだ難病女子にとり、都心の山の手内側、ハイソなイメージのQ区でのシティライフなど、想像の範疇《はんちゅう》外、アナザーワールドの領域だ。

しかしこのマダム発言は、重大なインスピレーションとして、今後の難病女子の運命に影響を及ぼすこととなる。


難病、というか、人生の「難」の局面において、ひとが味わう「底」というのは、他人と話ができている間は、まだ、落ちる余地がある。


「底」、というのは。

さあて、「底」へ、いざ、ゆかん。

第十一章

# わたし、マジ難民

## 難民研究女子、「援助」のワナにはまる

二〇一〇年三月末某日。ここはオアシス病棟二人部屋、６１９号室。引き戸式のドアを開け中に入ると、洗面所とシャワー室、トイレが左右にそれぞれ付いている。そのもうちょっと先、左側のベッド周辺。この四畳半にも満たない狭いスペース、わたしの「おうち」には、浮き足立った春いちばんの風はなかなか吹いてこない。室内からは、ウツウツとした、重苦しい気配がただよってくる。

「おしり洞窟」からドバドバと、「元おしり」液体が流出し続けるなか。難病女子は、三人の、長年心を通わせてきた親友たちに囲まれていた。うら若き女子の集いにもかかわらず、和やかな雰囲気は一切排されている。全員がまるでシベリア抑留を宣告されたかのように、神妙な表

情で硬直する。ベッド周辺は、ただならぬ緊張感に満ち満ちていた。

「もう、無理だと思う」

わたしの脳内に、友人の声が、こだまする。

ただ、茫然とした。返す言葉は、何もなかった。

わたしは、立ちつくした。人間が、あまりに「孤独」であることに。

## 「おしり洞窟」探検隊

三月なかばに発生した『おしり大虐事件』。

わたしの腫れたおしり左側は、ついに大破裂を起こすに至り、一リットルのおしりが流出した。大虐事件の傷跡は、深かった。女子のおしりには、広大な「おしり洞窟」が形成されたのである。

クマ先生とわたしは、この謎の洞窟をふさぐというミッションを抱え、日本の難病史上稀なる大冒険へ強制的に出発させられたのであった。おしり洞窟探検隊の道のりは、はっきり言って、前人未到。人類に残された数少ない険しい未知のフロンティアである。

破裂痕からはとめどなく、膿と血が混ざった浸出液、「元おしり」液体がドクドクと流れ出してくる。その勢いったら、数時間でガーゼの束と「リハビリパンツ」（テープで留めるのではなく、パンツのように脱ぎ着するおむつのこと）がびったびたになってしまう。ちょっとでも油断すると、病衣のズボンもベッドのシーツもびったびたである。

これほど大量の液体が体内から流出しつづけて、生きていられるのが不思議なくらいだった。流出元がおしりだから大丈夫なのだろうか。おしりは予備のクッションに過ぎないのだろうか。おしりとは、いかなるレゾン・デートル（存在理由）でもって人体に装備されているのだろうか。この不可思議なおしりに対する哲学的問いは尽きないが、とにもかくにも、まずはこの大流出に対応せねばならない。このままでは、洞窟内の様子すらうかがい知ることができない。

歳《よわい》二十五にしておむつのお世話になるのはもちろん微妙な心情だが、そのようなかわいげのある女子的悩みを抱える余裕はなかった。まず、即物的問題が浮上する。洞窟探検隊の標準装備品として、大量の「滅菌ガーゼ」と「リハビリパンツ」が必要になったのである。感染症対策の抗生物質、気休めにもならない役立たずの痛み止めを投与されながら、まず第一にブツの問題で頭を悩ます羽目になるとは、まったくこの世は物質的だ。

わたしは、おむつ等の消耗品は患者自身が用意しなければならないことを、この時はじめて知った。なにせ世知辛い話、破裂して最初の数日間にオアシスで使用したリハビリパンツＬサイズ十枚、

「あとから返してくださいね」
と何度も看護師さんに念押しされたのである。
「ガーゼ、もうちょっと使う量を減らせませんか」
と何度も看護師さんに尋ねられたのである。

ガーゼまでケチケチせねばならないとは。この物資供給源の貧弱なことよ……。仕方がない、オアシスは良心的な、つまりは貧乏な病院なのである。トイレットペーパーはかたくて拭き心地はゴワゴワだし、スタッフが使っている印刷用紙は明らかに藁半紙だ。ある程度の清貧ライフは覚悟しなくてはならない。

しかし、この状態で外出してドラッグストアまで行き大量のリハビリパンツを調達してこられるわけがない。オアシス地下の「昭和の売店」には、わたしに合ったサイズがないうえ、在庫が品薄で頻繁にストック切れを起こしている。供給路を確保すべく、お見舞いに来てくれる友人や、お隣の患者さんのご家族にまで協力を仰ぎ、なんとかちまちまとブツを仕入れた。

しかも滅菌ガーゼやおむつは、悩ましいことに、値段が高い。リハビリパンツ十四枚入りがなんと二千円以上するのである。薄っぺらい滅菌ガーゼ二十枚入り一箱が千円以上するのである。とめどないおしり大流出、消費量は半端ではない。ああ、とめどない滅金。

探検隊には、災難が次から次と迫りくるものと相場が決まっている。ブツの供給路問題に目処《めど》がついたと思いきや、次はその「置き場所」問題が浮上してくる。

病院もやはり一つの組織であり、矛盾にあふれた場所なのである。まあたいてい、あらゆる組織の「規則」というものは、個々人が直面する現実に対して矛盾しているものだ。しぶとい患者は病院内のヤンキーのごとく、少しでも快適な生存環境を確保すべく、こそこそと「規則」の抜け道をさがしだす。

オアシスでは入院患者に、駅などにあるコインロッカー程度の大きさのロッカーを二つまで貸してくれる。わたしのロッカーは、本や歯ブラシやシャンプー、その他諸々日用品のストックですでに満杯である。

ではベッドの下に、と思いきや、床に物を置いてはならないという規則があるという。では幅二十センチ程度しかなくあまりに細すぎて、ちっとも物が収納できないクローゼットの上に、と思いきや、危険なので上に物を置いてはならないという規則があるという。

必要不可欠なうえ、今後いったいどのくらい消費するかも予測できず、しかもかさばるリハビリパンツ。「どないせっちゅうねん」と、東北人なのににわか関西弁のツッコミが思わず口から出てきそうであった。

必要なブツは自力で調達せよ、しかしそれは置いてはならない、絶対的矛盾の攻防戦だ。司令部は現場の状況を把握して方針を出しているのだろうかと、末端の隊員としては異を唱えたいが、大組織の前に一個人は無力だ。

よって、ヤンキー的にささやかな抵抗でもって対応する。患者一人に対して一つのみ貸しだされている木製の椅子を、仕方がないので物資の「置き場所」とすることにした。このブツの山は、エベレストのごとく、その後どんどん天に向かって成長していくのであった。

オアシスのほかの患者さんもみな、老若男女それなりのヤンキーであった。管理される集団生活に反抗はつきものだ。小型のダンボール箱程度の大きさの冷蔵庫を本棚代わりにしたり、置くなと言われようが頑としてベッドの下に隠し置きしたり。怪我をしては大事件、責任問題に発展してしまうため刃物の持ち込みは当然厳禁だが、立派な果物ナイフをクローゼットの中のシャツの隙間にしまっておいたりと、各人さまざまな戦線を繰り広げている様子だった。

蛇足だが、最近の病院では、お見舞いに生花を持ち込むことは、感染症対策等のためにほぼ禁止されている。

ある日、大学でお世話になった先生が、「春がくるようにね、せめて気分だけでも」と、うすピンクのバラと桜のつぼみの枝がすばらしくキュートにアレンジメントされた、小さな花のバスケットを病室に運んできてくださった。玄関の外に出ることすらままならず、本物の花などしばらく見ていなかったわたしは心底感激した。当然、人情として、それをゴミ箱にボンと捨てられるわけもない。隠し場所を探すのに難儀した。

リハビリパンツとボックスティッシュの山の谷間に、ハンカチをかぶせて置いた。夜、消灯時間がくると、眠る前にそっとそのハンカチをとって、桜のつぼみがひらくのを観察するのをささやかな慰めとした。なんだい、ヤンキーのくせに、いかにもつつましい、いい話ではないか。

それはさておき、おしり洞窟探検隊の本丸は「おしり処置」である。なにせ、洞窟内はフレッシュなお肉があられもなく晒されているわけで、要は巨大な袋状の傷である。ステロイドを二十ミリグラム投与されている状態で、このような巨大な傷は治癒が非常に遅いうえに、感染症の大きなリスク要因でもある。

クマ先生から課せられた「おしりデイリーワーク」は、一日三回、朝、昼、晩、シャワーで破裂痕を洗い、傷にあてる滅菌ガーゼを交換するというものであった。この激痛といったら、まあ声も出なかった、本当に。歯ぎしりして、シャワー室の手すりにしがみついて、ひたすら耐えた。シャワーで洗うと、「ちゃぷちゃぷ」とおしり洞窟に水がたまる。この「ちゃぷちゃぷ」、まさしく身をナイフで切られるような痛み。ああ、無常。

## 繰り出せ！ 最新鋭！

探検隊は、さまざまな方策を協議、実行した。

隊長であるクマ先生は、オアシスの倉庫を毎日ひたすら捜索し、あらゆる新素材系フィルム、テープを駆使し、この洞窟を塞ぐ術はないだろうかと悪戦苦闘する。

人口皮膚、ハイドロコロイド、キュティポア、モイスキンパッドなどの「テープ系」は、とめどなく流れ出してくる浸出液を前に、どれも一時間ともたなかった。特殊ポリマーを洞窟内に埋め込み、液体を吸収させよう、という無茶な取り組みもなされたが、これも吸収力が追いつかず、一日でまったく意味がないことが判明した。

最新鋭の医学の手先も、おしり洞窟にはまったく歯が立たない！

司令部のパパ先生が、ついに動いた。これは大変珍しいことである。病棟の運営と外来に忙殺されているパパ先生が、入院患者の外科的処置を自ら行うのは、「わたしも初めて見たかも」と看護師さんが言っていたくらい珍しい。おそらく、有袋類女子のあまりに無残な姿に、「とにかく何かしてやらなくては」とパパの親心がはたらいたのであろう。

「セイショク（生理食塩水）で、洗ってみようではないか！」

パパ先生は、ラテックス手袋をきゅっと装着し、生理食塩水を注射器に注入し、おしり洞窟内を洗浄、探索する。この世のものとは思えない激痛が走る。結果、おしり洞窟は、かなり奥行きが深いことが物理的にはっきりと判明したわけだが、ただわかっただけである。それを塞ぐ術は、謎のままであった。

クマ先生は、まんまるい顔に苦渋の表情を浮かべ、

「いまどき、ガーゼに頼るしかないなんてなあ……」

と溜息《ためいき》をつきながら、白旗をあげた。いたってシンプル、古典的、原始的療法に、われわれは回帰したのである。

「ひたすら洗って、ガーゼをあてる」

完全な持久戦、根性戦、「治らぬなら、治るまで待とう、ほととぎす」作戦だ。これが作戦と言えるのかどうかは、よくわからない。

ムーミン谷ののんきなママですら、

「なんだべ、そだ方法しかねんだべか……」

とこぼしていた。

隣の患者さんは、IPS細胞を取り上げたNHKの特集番組をTVで見ながら、

「こう、更紗ちゃんのおしりの肉がむくむくと生えてくる粉とかはないのかしらね……」

と憐れんでくれた。

奇っ怪なおしりを前に、最先端医療技術は、無力であった。

(ちなみに、この原稿を書いている二〇一一年現在もなお、「おしり洞窟」はふさがっておりません)

## 「援助」の甘美なワナ

発病して以来、「難」はこれでもかこれでもかと、次々とわたしに押し寄せてきた。絶体絶命、生存の危機。あっという間に、マリアナ海溝に落ちていった。

突然、絶望的な状況に陥ったとき。

ひとは誰しも「救世主」が現れないかな、と一度は思うだろう。「誰か、助けて」と願うだろう。あしながおじさんやパトロン、ダーリン等々の出現を、妄想するものだろう。

ムーミン谷のパパとママの過労状態、限界状態を知っていたわたしは、直感的に、両親にさまざまな細かいことを頼ると家族もろとも崩壊する、と確信した。だから、他人に甘えた。他人に依存した。もしかしたら、誰かが助けてくれるかもしれない、手を差し伸べてくれるかもしれない、いい方法を考えてくれるかもしれない、そんなかすかな希望を支えになんとか日々をやりすごしていた。

大学のゼミの友人、先輩、先生、ビルマ関係の知人、高校時代の友達、とにかく、「誰か助けて」と言い続けた。メールで、電話で、mixiで。延々と。細かい日用品の買い物や、書類のコピー、手続きの代行などをとにかくいろんな人に頼んで、甘え続けた。

わたしは、本当に、すばらしい友人に恵まれていたと思う。盟友Mちゃんや、Aちゃんや、Yちゃん、Kくん、Sさん、先生、毎週のように誰かがお見舞いに来てくれた。はじめは、お互いにそれでよかった。誰だって、友達が病気や怪我で入院したら、何かしてあげたい、と思うだろう。

みんな口々に、こう言ってくれた。

「できることがあったら、何でも言ってね」

「大丈夫だよ、なんとかなるよ」

ひとの言葉とは、甘美なものだ。

生きるか死ぬか、明日どう生きるか、今にも溺れそうな難病女子にとって、心が通い合った友人たちがかけてくれる優しい言葉は、それはそれは、すがりたくなるような甘い香りがした。

わたしは、自分が甘い罠にずぶずぶとはまりこんでいることに気がつかなかった。友人たちの「厚意」「親切」をまるで当然のことのように、自然に期待し、受け取るようになっていった。

誰かがお見舞いに来てくれるというメールを受け取れば、

「歯間ブラシと、キュレルのクレンジングと、ウエットティッシュと……」

と反射的に必需品調達のリクエストを送ってしまう。

来てくれた人に、延々と、

「こんな酷いことかあって、こんなつらいことがあって……」

と自らの苦境と悲劇を嘆き、訴える。

さまざまな手続きのお手伝いを盟友Mちゃんにお願いすることが、いつのまにか当たり前のようになっていた。Mちゃんに、

「小平市役所で●●の書類と、●日までにこれが必要で……今●●な状況で…………」

とメールを送ることが、次第に日常化してゆく。

Mちゃんは自分の忙しい仕事の合間をぬっては、頻繁に病室に足を運んでくれた。わたしは自分のことで頭がいっぱいで、彼女が心身ともに疲弊していることに、まったく、心が及ばなかった。

## 難民研究女子、持続不可能な「援助」に依存する

「何でもするよ」

「何でも言って」

それは、「その場」「その時」の、そのひととの本心だと思う。優しさだと思う。そんな言葉を言ってもらえること自体が、有り難いことだと思う。

でも、ひとは、自分以外の誰かのために、ずっと何でもし続けることは、できない。

わたしの存在が、わたしの周囲のひとたちにとって次第に重荷になってきていることを、心の底ではわかっていたけれど、見て見ぬふりをした。まるで、わたしのお見舞いが「義務」や「責任」のように、みんなの肩に重くのしかかっていた。

わたしはいつまでたっても、辛そうで、絶望していて、行き場がない。わたしの病は、「難

病」である。いつまでも治らないのだ。そんなわたしを見守り続け、サポートし続けるのは、きっとすごく忍耐の必要なことだっただろう。

お見舞いに来てくれる友人たちの表情が、暗く切ないものに変化していった。なんとなく、わたしと話していると、相手も辛そうだった。

わたしは、周囲のひとの心が次第にわたしから遠ざかっていくのを、感じた。

三月末のある日。Mちゃん、Aちゃん、Yちゃん、三人がそろって病室にやってきた。三人は、深刻な面持ちで、こう言ってくれた。

「いろんなひとの、負担になっていると思う」

「こんなことを言うのは残酷だと思うけれど、周囲で噂にもなっているんだよ」

「それは、更紗にとって、いちばんよくないことだと思う」

わたしは、押し黙った。言葉が浮かばなかった。

絶句するのも当然である。なぜならば、このいまの自らの状況が、わたしが大学生活四年間のすべてをそそいで「研究」し学んだはずの、難民への援助の矛盾にぴったりそのまま当てはまっていたからだ。わたしの学部の卒業論文のタイトルは、『援助は誰のものか』である。

わたしは、途上国や難民キャンプで「援助」することの難しさ、アンバランスな援助に依存する構造を生み出してしまう現実、「ひとを助ける」ということがいかに複雑で難しいか、ということを、論文に書きつづっていた。

その仰々しい稚拙な卒論の最後に、わたしはこう書いている。

〝今一番感じていることは「開発」「援助」、それらの言説そのものへの疑問である。「住民参加」や「住民主体の開発」という言葉の裏には、援助する側、援助される側、の権力構造が見え隠れする。

ビルマの難民キャンプで暮らす人びとにカネやモノを援助し続けることは、確かに一時的な凌《しの》ぎにはなっても、彼らの苦境の根本的な原因を取り除くことにはならない。

最も周辺化され、最も援助を必要としている人びとにとっての最良の支援は、政治的な構造を変革することなしには実現し得ない場合が多いのではないのだろうか〟

まったく、耳の痛い文章だ。われながら。

「救世主」は、どこにもいない。ひとを、誰かを救えるひとなど、存在しないんだ。わたしを助けられるのは、わたししかいないのだと、友人をとことん疲弊させてから、大事なものを失ってから、やっと気がついた。

## 依存できるもの、それは……

難民研究女子は、自分がマジで「難民」化していることをはっきりと自覚した。しかも、稀なる難病で、ご重体で、おしりに洞窟があって、行き場がなくて、生きる糧を得る術がないという、わたしが他人だったら絶対に手の出しようがない、相当深刻な「難民」である。

「難民」か……。オアシスでの入院生活が始まってからというもの、とんと考える機会もなかった、タイ—ビルマ国境の難民キャンプのことを思い起こしてみた。

難民の友人たち、彼らはみんな、自らが置かれた境遇というものをよく理解していた。わたしになけなしの食材でごはんをごちそうしてくれることはあっても、わたしに何か過度に期待したり、求めたりすることは、一度もなかった。

じゃあキャンプの中で、ビルマ難民が頼っていたものは何だったっけ、と、記憶をよみがえらせてみる。UNHCR（国連難民高等弁務官事務所）の援助米。NGOの急ごしらえの病院。IMO（国際移住機関）のバスに乗り、外の世界へ出られない難民キャンプから公的に脱出する唯一の方法である、第三国定住プログラムで欧米へ出国してゆく姿が、脳裏をよぎった。

つまりそれって。「国家」。「社会」。「制度」。特定の誰かではなく、システムそのもの。

ひとが、最終的に頼れるもの。それは、「社会」の公的な制度しかないんだ。わたしは、「社会」と向き合うしかない。わたし自身が、「社会」と格闘して生存していく術を切り開くしかない。難病女子はその事実にただ愕然《がくぜん》とした。

だが、その肝心の日本の社会福祉制度は、複雑怪奇な「モンスター」である。真っ向からのデスマッチを実行するためには、健常者でも音《ね》をあげるに違いない、尋常でない延々の気力と手間とマンパワーが必要であることは、この時点ですでに悟っていた。

どの制度をどうやって使えばいいのか。そもそも、申請できる、使える制度があるのかどうか。あったとしても、膨大な書類、手続き、何十回はるか遠くの役所まで行き来しなければならないのか。何百枚書類を用意しなければならないのか。どこに住んで、どうやって暮らしていけばいいのか。

おしり洞窟の激痛にうちひしがれながら、病室から身動きもできない状態で、何をどうしたらいいのか、ますますわからなくなった。

家族にも、友人にも、病院にも、ソーシャルワーカーさんにも、これ以上頼れない。他人にとって、わたしは「迷惑」をかける存在でしかないのだ。「迷惑」そのものなんだ。

誰にも、頼ってはならない。誰にも、話してはならない。

誰にも。

わたしの心は、凍った。

## 最後の糸が、切れるとき

二〇〇九年九月末、オアシスに医療難民として辿り着いて以来、二人三脚で、毎日毎日つきっきりで治療に全力を尽くしてくれた、わたしの主治医、クマ先生。

入院生活がはじまって以来、ほとんどすべてのことを、先生に話してきた。これまでの苦痛、家庭の事情、友人たちのこと、大学院のこと、絶望的な気持ち、経済的な問題、あらゆる悩み……。どんなことでも知ってくれているクマ先生がいて、かろうじて、生きていた。わたしの、唯一の絶対的な支えだった。

しかし、先生もやはり人間である。限界というものがある。患者はわたしひとりではないのだ。日々の激務のなか、忘れっぽいときもあれば、イライラしているときもある。入院も半年をゆうに越え、毎日顔を突き合わせていれば、お互いの関係性は否応なしに変化してゆく。クマ先生もまた、行き場のない難病難民女子にうんざり気味の感があった。患者と医師のあいだにも「倦怠期」があるのだ。

「孤独」にうちひしがれ、病室のベッドにただうずくまる難病女子のもとに、クマ先生との「倦怠期」はかつてない爆弾を運んでくるのだった。

四月。オアシスのお庭の桜が、咲き始めていた。

ヨンさまも真っ青になるのではなかろうかと思われる、春の嵐がやってくる。現実は、韓流ドラマよりよっぽどアメイジングなものなのである。

いよいよ、新章の幕が開く。「難病のソナタ」、略して、難ソナ！

# 第十二章
# わたし、生きたい（かも）
## 難病のソナタ

長い長い、たった一日の出来事。

一日で、すべてが変わることもある。

死と、生が。

絶望と、絶望ではない何かが。

一度に、雪崩《なだれ》のようにやってくることもある。

二〇一〇年四月某日。

この日、わたしは死んで、生き返った。

ひとは、いたって非合理的で、勝手で、バカで、そしてどうしようもなくかわいげのある、

不可思議な地球上の哺乳類です（約一名、例外的有袋類の女子を含む）。

## 「その人」は、迷子

「T大学病院まで、外出して行かないといけないんだけど、どうやって行けばいいか、教えてもらえるかな……」

三月のある日。オアシスの患者用ラウンジで電気ポットからお湯をマグカップに注いでいるときだった。同じ階の病棟に入院している難病のおにいさんに唐突に尋ねられた。

たまに立ち話をする程度の間柄だった。難病らしいということは知っていたけれど、どんな疾患で、どういう人かはよくわからない。「難病」と一言で言っても、何千という病名がある。たとえ同じ病名がついていても、一人一人、病態はぜんぜん違うのだ。

確か、この人は、東京のひとではなかったような気がする。きっと土地勘がないのだろう。

病人同士、困った時は助け合うのが浮世の情けというものだ。わたしの生存必須アイテムであるiPhone 3GSを駆使して、T病院の最寄り駅までのルートを検索し、メモに書いて渡した。

するとその人は、戸惑いながら言った。

「あのさ……。地下鉄の切符って、どこで、どうやって買うの」

「はあ？」

何を言っているんだろう、この人は。一瞬、意味がわからなかった。

「えっと。あのー。地下鉄に乗ったことないんですか？」

「というか、電車に乗ったことがない」

はあ………。いい年して、電車に乗ったことがない。そ、そんな人間が、現代に存在するのか！　どこからどう見ても、私よりいくらか年上の、一見、普通のおにいさんなのに。東北の僻地、山中ムーミン谷でも、そのような人物を発見するのはなかなか困難だ。ムーミン谷にはバスも電車も通っていないが、さすがにみんな一生に一度くらいは新幹線に乗る。

まあ、ここはオアシス。世にも稀なる難病患者の行きつくところである。わたしごときの想像を超える人生をあゆんできたひとがいてもおかしくはない。

確かに、ビルマの難民キャンプの難民は、電車など見たこともない。西表島《いりおもてじま》にも、電車はない。電車はあって当然で、電車の乗り方も誰もが知っているはずだと思うことがシティガールの傲慢さなのかもしれない、と理屈を脳内でこねてみる。

でもそれにしても……。この人がビルマや西表島から飛行機で飛んで来たばかりのようにはどうにも見えない。不審を抑えきれずじろじろと相手を凝視しつつ、いたって懇切丁寧に、メモに加筆する。

「えー、切符は、駅の自動券売機で買うんですけれど」

「乗り換えというのはですね、このルートだとA駅でいったん降りて、反対側のホームの電車に乗ればいいんです。乗り換えるとき改札は出なくていいですからね」

切符の値段と買い方、電車の乗り方、最寄りの出口の番号、出口からT病院までの地図を書いて、「はい」と手渡した。

アマゾンの奥地で新生物を発見した生物学者気分で、失礼千万承知、興味本位で尋ねてみた。

「あの、Suicaって知ってますか」

「なに、それ」

この人が本当に目的の場所まで辿り着けるのか、はなはだ疑問ではあった。しかし、おしりがパンパンに腫れたおしり女子が、いい大人に付き添ってあげるわけにもいかない。この「迷子」のイメージが、第一印象である。

## ヘンなおもちゃをくれる人

「迷子」の新種おにいさん発見から、一週間ほどが経過したころだった。『おしり大虐事件』ののち、おしり洞窟の悲劇にうちひしがれていたわたし。もう、痛い痛い。辛い辛い。

椅子に座れない役立たずのおしりをかかえ、ラウンジの手すりにつかまり立ちつくし、外の景色をぼーっと眺めていた。この景色にも、いい加減飽きたなあ。でもオアシスで自殺すると先生たちの責任問題になって、パパ先生もクマ先生も問責されて迷惑をかける。どこかでひっそりと死なないとなあ。死ぬってけっこう難しいことだよなあ。どれだけ痛いかもよくわかるしなあ。やっぱり確実なのは首つりしかないのかしら。ああ、こんなうら若き女子なのに、おしり洞窟持ちなうえに、イケてる死に方すらもないなんて。

相変わらずの絶望的妄想を展開し、突っ立っていたわたしの目の前に、突然、飾り気のないチープな包装紙に包まれた物体が差し出された。

「はい、これ。週末、家に帰ってきたから、おみやげ」

あ、迷子の人だ。自力で一時帰宅しているということは、車は運転できるんだな。この前の電車の乗り方指導のお返しに、何かくれるというのだろうか。包み紙をひらくと、正方形の白いプラスチックの、てのひらにおさまるような大きさのおもちゃが入っていた。

「何ですか、これ」と訊いてみた。

「ボタン、押してみて」

表面にはボタンが何個もついている。言われたとおりに、ボタンを押してみる。が、特に何も起こらないではないか。

「いや、一回じゃだめなんだ。あのね、何回も押してみて」

「はあ。何回もですか」

握力は低下し、潰瘍だらけ、関節は痛むし、神経感覚の麻痺もある手で、意味不明の四角いおもちゃを握りしめさせられ、ボタンを連打させられた。正直、「迷惑だな」と思いながら。二十回くらい押したところで、「イヤーン」という、アホらしいお色気自動音声がそのおもちゃから発せられた。

「………ぶっ」

くだらない、ヘンなおもちゃ。くだらない、どうでもいい笑い。そんなふうに笑ったのは、なんだかとても久しぶりなような気がした。

迷子のその人は、ヘンなおもちゃをくれる人、に格上げされた。

## 吊り橋の上で

わたしは、繊細な現代っ子である。周囲の空気を勝手に読み、相手が何を考えているかを勝手に妄想しグルグルする。そのような妄想過多な我が性質を差し引いても、なんとなく、わかっていた。その人から、好意を持たれていることは。たんなる他人への親切にしては、あまりに面倒見がよすぎる。わかりやすすぎる。

「マジで難民化」している、どこにも行き場のない難病女子の延々の泣きごとを、何時間も聞いている。普通、相手はさすがに途中で辟易してきて、適当に切り上げようとするものである。

だが、この人はひたすらうなずき続け聞き続ける。三時間も四時間も、ヘタをすると半日ずっと聞いている。

「家族にも、友達にも、誰にももう、何も言えない」

「行くところがない、どうすればいいのかわからない」

「痛い、辛い、死にたい、だけど死ねない」

真剣な表情で、何も言わず、まるで我がことのように聞いてくれた。何時間も、何時間も。

ラウンジで一緒に食事をして、その人に向かってどうしようもないことをつぶやくのが、いつの間にか習慣になっていた。おしりが破裂しているので、半ケツ座りなのがイマイチ格好がつかないのだが。体勢に耐えきれず身体が痛くなってくると、車いすに乗り換えてみたり、外来のソファで横になったりして、わたしは同じトークを繰り返した。嫌な顔ひとつせず、ずいぶんモノ好きな人だなと思った。そしてそのモノ好きな人なしの一日を、もはや想定できなくなっている自分自身にも気づいた。依存を、またし始めてはいけない。頭ではわかっているのに、一緒にいることの心地よさにあらがえなかった。

ある日、わたしは、自分の左腕、皮下組織の炎症が石灰化している患部を彼の目の前に突き出して、

「ほら、これ。すごいでしょ。ボッコボコの塊でしょ」

と言ってみた。これは、わたしの確信犯的な意地悪だった。ふわふわとした、微妙なこの二人の間の空気に、自ら亀裂《きれつ》を入れたかったのかもしれない。

ステロイドを服用することになったとき、わたしはひとつの「決意」をしていた。

わたしの中の、恋愛感情をつかさどる部分を、永遠に封印すること。

こんな難民の難病女子と恋愛しようと思う人間など、この現代の世にいるはずがない。誰かを好きになっても、わたしが一方的に傷つくだけだ。絶対に、もう、誰も好きにならない。

「女性」としての自分を切り捨てる。そう決めて、あの時プレドニンを飲みこんだのだ。孤独なわたしを、中途半端に惑わすな。かき乱すな。


彼の心中の戸惑いが、手に取るようにわかった。ほら、どうする？

「えっと、触っていいの？」

「どうぞ」

ずいぶんと細くて長い指、大きめの手が、恐る恐る、わたしの左腕に触れる。

「ほんとだね、すごいねこれ、こんなになっちゃうんだね。痛そう」

そして彼は一言、言った。

「なんか、一緒にいると、安心する」

わたしは、自分の心がざわざわと揺らいだことをはっきりと自覚し、危機感を抱いた。

この人は、優しい人だと思った。詳しい身の上や、どんな「難」を抱えた人生を過ごしてきたのかはわからないけれど、優しい人であることだけは直感でわかった。

わたしの話は延々と聞き続けるくせに、自分のことはほとんど話そうとしない。岩盤を切り崩すように、タイミングをはかって、少しずつ質問を投げかけてみる。

「なんで電車に乗ったこと、ないんですか」

「いや……今まで基本的に家と元職場と病院の範囲内しか動かなかったし。東京出て来たのも治療のためで、これが初めて」

「足とか、どこもかしこもすごく痛いから。生まれた時から。薬の副作用でいつも具合悪いし。でも周りはそんなのわかんないでしょ。車のほうが物理的にも精神的にもずっと楽なんだ」

確かに、ぱっと見たらそれなりに若くて、背の高い、ガタイのいいおにいさんにしか見えない。「優先席」なんかに座ろうものなら、顰蹙《ひんしゅく》をかってしまうだろう。わたし自身だってそうだ。身体の見た目だけでは、難病患者だなんてわかってもらえない。

「そんなに大変なのに、杖とか車いすは、なんで使わないの」

「いや、病気のことは、周りには一切言ってないから。言っても同情されて、人間関係切れて、それで終わるだけだから。家族だって、よくわかってないよ。わかるわけないよ。そういうもんだよ」

電車の乗り方は知らないかもしれないが、病の苦しみも、傷つくことも、患者の「絶対的孤独」も知っている人だと思った。だからこそ、お互い傷が浅いうちに手をひかなくてはいけない。わたしは、彼は、二人とも難病患者なのだ。病人同士なのだ。持続可能性のある関係性など、どう考えてもあり得ない。処置は、できるだけ早いうちにしなくては。

運命の日。四月某日。朝食後の服薬が終わったあと、わたしは意を決して、その人を誘った。

「今日の午後、一緒に、桜、見に行きませんか」

これで、最後。一緒に、オアシスのお庭の満開の桜を見に行って、最後にしよう。彼には病院でのよき思い出の一コマにしてもらって、終わらせよう。

よく考えると、これも一種の「デート」なのかもしれない。デートなんて言葉、発病して以来、頭に浮かんだこともなかった。しかも病院内でデートすることになろうとは。久々の、しかも最後のデートだし、ちょっとは身綺麗にしようかな。

「デート」の前のおめかし、か。そんなこと、まだ、できるんだ。

わたしは、例の幅わずか二十センチの、容量が足りなすぎてぎゅうぎゅうづめのクローゼットの中から、まだ袖を通したことのないニットのワンピースを引っ張り出した。学部時代の友達が、お見舞いでプレゼントしてくれた服だった。胸の部分にひらひらのドレープがついていて、よそ行きっぽい。おしゃれとか、お化粧とか、闘病しながら気にかける余裕なんかなかった。今日くらいは、自分をゆるしてやってもいいかもしれない。

レンタル代一日七十円の、色気も何もない、うすっぺらいジンベイみたいな病衣を脱ぐ。黒いタイツとペチコート、ワンピース。関節が痛くて曲がらず、力が入らず、自力でタイツもはけないのがなんとも情けない。こんなことで看護師さんの手を煩わせるのは申し訳ないが、ナースコールを押し、はくのを手伝ってもらう。

ずっと使っていなかった、コスメのポーチをごそごそと探索する。ファンデーションを少し塗って、眉を描き、ビューラーでまつ毛をととのえる。皮膚の乾燥予防に処方されているワセリンを、リップ代わりに唇に。

「あら、どうしたの急に！　更紗ちゃん、すごーくかわいいよ」

619号室のお隣のマダムが、にこにこしながらほめてくれた。わたしは切なくて、恥ずかしくて、そして、すごくうれしかった。理由もなく、泣き出しそうだった。脳内からあふれ出してきそうな感傷に、必死で蓋をした。

同じ病棟から二人一緒に外に出るのはあまりにスキャンダラスである。ただでさえ、病棟内のせまい世界の中、看護師さんに嫌われたり、先生方に厄介者だと思われたりしないよう、細かいことに神経をすり減らしているのだ。ナースステーションの噂になっては、大事件である。パパ先生に「院内不純異性交遊取り締まり！」とシバかれてはたまらない。待ち合わせをして、お互い別々にこっそりとお庭に出た。

歩くこともままならないが、ふらふらと、身体をひきずるようにオアシスの玄関を出る。何か月ぶりかの、外の空気だ。風がぬるくて、草木の、春のにおいがした。

大きな桜の木の下のベンチで、その人は待っていた。隣に、腰掛ける（もちろん、おしりにクッションを敷いて）。桜の花びらが、見事に、雪みたいに降っていた。髪や肩に、花びらがつもるほどに。

わたしは心の中で自分に突っ込みを入れまくった。

「これ、何のドラマだよ！　中学生かよ！」

そうでもしなくては、恥ずかしすぎて耐えきれないようなシチュエーションだった。不治の病の二人が、肩を並べて、桜吹雪のなかベンチで肩を寄せ合っている！　なんだこれは！　いまどき韓流ドラマでも、こんなベタすぎるシーンはないだろうに！

「ちょっと寒いね、まだ」

「うん」

病室から持ってきたストールを、二人の膝にかける。

その人は、緊張で石のように硬直していた。肌寒い空気の中で、お互いの体温が伝わってきた。わたしは思いきって、その人のてのひらをストールの下で握った。そのてのひらには、すでにじっとりと汗がにじんでいた。かわいらしい人だと思った。いい年をして。

彼の腕が、ぶるぶると震える。こんなにわかりやすい「躊躇」があるのかと思うような動作で、わたしの肩に、手をまわして引き寄せる。想像してみた。今、電車にも乗れない、孤独なこの人が、どれだけの勇気を振り絞っているか。たぶん、一生ぶんの勇気を消費しているのだろうな。

これまで二十五年間生きてきた中で、これほどまっすぐな愛情を誰かからもらったことはない。そう感じた。

イケイケおのぼり女子時代、ビルマ女子時代……。過去、人並みの男女交際はしてきた。司法浪人、ドイツ人、教育学専攻の院生、ビルマ人、医学生、その他もろもろ。でもどのひとども、長くて数か月の付き合いだった。表面的な、安っぽい、相手が望むような「わたし」を演じて取り繕うだけの関係だった。

これが、最初で最後のまともな「恋」なのかもしれない。駆け引きや打算は何もない。ただ好き、と感じるだけ。わたしの心の奥底も中学生レベルのままだったんだなあ、となんだか世界がひっくり返ったような気がした。せっかくひっくり返っても、ほんの一瞬しか味わえないのだけれど。

二人でただ、押し黙った。ぎゅっと手を握り合って。

一時間は、経過しただろうか。わたしは「デート」の終了を告げた。

「そろそろ、戻ろうか。寒くなってきたから」

「あのね、ありがとう」

どうも、ありがとう。わたしなんかに、こんな大事な気持ちをくれて。

そして、さようなら。

## クマ先生、ミスる

わたしにとって、主治医のクマ先生は、文字通り命綱であった。全面的、盲目的に信頼をおき、わたしのすべてを話し、わたしの伴走者であった。命綱兼伴走者であることは、クマ先生が医者をやめる日が来るまで、今現在もおそらくこの先も、ずっと変わらないとは思う。難民化し、家族とも友人とも精神的に断絶した「絶対的孤独」のなかでも、先生だけはわたしにとって別格だった。

しかしこの日。なぜか、この日に限って。

先生は、めずらしく重大なミスをした。わたしと先生は、長期間に及ぶ出口の見えない入院生活の中で、お互いに疲弊し、「倦怠期」に陥っていた。そのただ中での、些細なうっかりが、はからずもわたしをどん底へと突き落とした。

わたしは、人生最後の「デート」を終えて、ふたたび病衣に着替え通常モードに復帰しようとしていた。すると、たまたま、クマ先生がおしり洞窟の様子をうかがうために619号室に入ってきた。

「はい、おしり診せて」

いつものように、女子のおしりをさらそうとする。が、まだタイツをはいたままなので、ちと難儀する。病衣のようにするっとおしりをさらすことができず、じたばたしながら、先生の手も借りつつ、おしりを診ていただいた。

先生が去っていったあと、タイツもなんとか脱いで、ジンベイ病衣に着替え、お化粧も洗い流して、わたしは有袋類の難病女子に元通り。うん、これでおしまい。

明日は週に一度の、臨床心理士の先生が来る日である。せめて、このカオスな気持ちの整理でもしておくか。ナースステーションの脇、患者用の机が置いてあるスペースに、車いすを借りてきて居座り、紙とペンをひろげた。おしり洞窟は常にキリキリと痛んだが、椅子よりは車いすにクッションを敷いて微妙な半ケツ状態でいたほうが、なぜか若干ましだったのである。とにかく、カウンセリングの準備のために、メモを書き出そうとしていたときだった。

聴いてはならないものを、聴いた。

「見た？　あれ。靴下もはけないとか言って、タイツなんかはいて。浮かれちゃって」

「痛い痛いとかって、好きなことはできんじゃないの」

「さすがにタイツ脱がせて診察するのは大変だ、あはは」

看護師さんと、クマ先生の、声だった。

わたしは。


思考は、完全に停止した。

ただ、涙だけが流れた。とめどなく。

夕食は、一切喉を通らなかった。薬も飲めなかった。何も話せなくなった。ベッドの上に寝そべっても、トイレに行っても、洗面台の鏡の前で手を洗っても、電気ポットからお湯をくんでも、ただ、涙が、ダムが決壊したかのように流れ続けた。身体の中の水分がなくなってしまうのではないかと思うほどに。

最後の糸は切れて、わたしをつなぎとめるものは、なくなった。

## 生きたい、かも

崖の淵で、すれすれで立っていた。そこで、何の因果か偶然、先生がわたしの背中を押した。突き落とされた「底」には、言葉も、感情もなかった。誰もいなかった。これが本当の絶望なんだと思った。これがひとの死だと思った。そこには、苦しみ以外に、何もなかった。生きる動機は、なかった。

病棟の患者さんはみな部屋に戻り、寝静まる時間。夜の九時半。隣のマダムに迷惑をかけては悪いと思い、患者用ラウンジの隅でやはり車いすに半ケツで腰掛けて、目から水分を垂れ流し続けていた。

すると、ぺたぺた、とサンダルの足音が廊下に響いた。

「その人」は、わたしを見つけると、隣に座った。

ただ、背中をさすって、隣にいてくれた。

十一時。もう、消灯時間はとっくに過ぎている。何らかの深刻な事態が起こったのだと察した夜勤の看護師さんが、

「そろそろ病室で眠れますか？」

とひっそりとわたしたち二人に声をかけてきた。

「すみません、戻ります」

わたしが無機質にそう答えると、看護師さんはナースステーションに戻っていった。もう時間だ。

わたしは。


現実を考えろ。合理的に、理性的に判断しろ。

この人をこの地獄の底に、ひきずり込むな。

ダメだ。それだけは。

でも身体は、勝手に動いた。

腕をひっぱって、その人を引き寄せた。すがるように。中学生みたいに、ぶつけるみたいに、頬にキスをした。


病室に戻ってベッドに入り、天井を見つめながら。わたしは、もう少し生きたいかもしれない、と思った。この気持ち。この感覚。もう一回くらい、キスしても、いいかもしれない。一時の気の迷いだとしても。持続可能性がないとしても。吊り橋の上のアクシデントだとしても。

だんだん、心の中から、ぶわーっと悲喜こもごもあらゆる感情がふき出してきた。死火山が、突然噴火したみたいに。

ねえ、こんなことって。こんなことってあるんだねえ。わたしなんかを、好きだと言ってくれるひとが、この世の中にまだいるなんて。

明日がきてもいいかもしれない、と思った。おしりに洞窟があっても、全身が痛んでも、ずっと苦しくても。明日また、あの人に会えるなら。

「オールユーニードイズ、ラブ」とジョン・レノンの歌を、ふとんの中でこっそり口ずさんでみた。ジョンとヨーコってやっぱり正しかったんだ、と、拡声器で宣言を発したい気分だった。

## 有袋類、家出を決意する

この晩、世にも稀なる難病女子は、あらたな「決意」をする。主治医のクマ先生にも内緒で。わたしがこの先どうすれば生きていけるのか、誰にもわからないというのなら、わたしがなんとか方法を見つけるしかない。道がないなら、道をつくるしかない。

ひとまず、「モンスター」と存分にバトルを繰り広げてみようではないか。やれるところまで、やってみようではないか。オアシス619号室は、いつのまにか難民シェルターと化していた。しかし、わたしは家出をせねばならない。病院の外で生きていく方法をあみださなければならない。何としてでも。病院の外で、デートをしなければならない。

人間とは、困ったものである。一瞬にして、生存本能が息を吹き返した。生きる動機ができてしまった。６１９号室は、二〇一〇年四月某日の夜を境に、おぞましい量の行政関係の書類に埋もれる生存バトルの拠点基地となったのである。

**第十三章**

# わたし、引っ越す

## 難病史上最大の作戦

二〇一〇年五月。

オアシスのお庭はわさわさと緑が芽吹いて、病室の窓を開けると、吹き込んでくる風は草のにおいがした。

「いったいどこで何をしてるんだ？　ああん？」

「二十時までに帰って来いと、いったい何度言った？　何かあったら管理責任問題なんだぞ！」

「ほんとに、どぅえ、で、出ていけえ――――!!!!」

難病女子の謎でアクロバティックな病棟規則違反行為の連発は、パパ先生の逆鱗《げきりん》にタッチしまくり、619号室には怒号が響きまくる。

「…………（正直にい、い、言えるかああああああ!!!!）」

先生に隠れてコソコソ何をしているかなど、話せるわけがないではないか。なんたって、このときわたしは、日本難病史上に燦然《さんぜん》と輝く難病ミッション・インポッシブル、通称「N・M・I」を、秘密裏に遂行していたのだから。

## ミッションI　難病物件捜索

四月某日、わたしは「あの人とデートしたい」といういたって非理性的で人間的な動機により、619号室からの家出を決意した。

具体的にいったいどうすればいいのかまったく不明であったが、恋はひとを本当に盲目にさせる。ご重体にもかかわらず、マニュアル・前例一切なしの未知のフロンティアへ見切り発車をすることにしたのである。奇っ怪な現実の歯車は、病のなかで鬱々と底に沈んでいたビルマ女子時代のリサーチ&行動主義を、エクストリームな寝た子を、ふたたび覚醒させてしまったのだ。

まず、おしり有袋類として病院の外で生きていくための筋書きを考える。

「居住」が目下最大の問題であることは、明らかであった。福祉制度のモンスターとデスマッチする以前に、試合にエントリーするにはまず「おうち」と「住民票」という決定的なフダが必要なのである。そして、生きている限り、オアシスの外来に自力で通い、闘病を続けねばならない。

ひとまず、病室でパソコンとe-mobileを起動し、「N・M・I」をスタートさせた。

東京都の地図をグーグルマップで広げ、オアシスに通えそうな場所を考える。S区、I区……………。具体的に、通院方法を想像してみる。

難病女子にとって通院は「日常的行為」であり、「お出かけ」とはわけが違う。「お出かけ」はそのときどきで、状況や状態に合わせて誰かと一緒に方法を考えればいい。どうしても無理であれば、最悪キャンセルすればいい。

しかし、通院はそうではない。比較的体調がいいときでも、死にそうに具合が悪いときでも、おしりから元おしり液体が流れているときでも、常に必要な行為なのだ。しかも、頻繁に。しかも、病態の変動は予測不可能。そして、そのルート確保が生死を分ける。

ゆえに、持続不可能な「誰か」に頼るわけにはいかない。確固たる持続可能性を確保しなければならない。あくまでも、自力で通院できることが、生存の最低条件だ。

この身体の状態で、ひとりで電車で日常的に通院するなどというのはまず不可能である。乗り換えなんてとんでもない。杖や車いす程度の防備で、巨大シティトーキョー、シャバの電車内に蔓延する数多のウイルス、健康な人でも参ってしまう超混雑や、数多の段差と一人で頻繁に戦えるわけがない。

通院して倒れて死んでしまっては、本末転倒も過ぎるというものだ。ガンダム難病型モビルスーツや、エヴァンゲリオン難病機とかがあれば別だが。

家の前からオアシスの玄関まで車で送迎、というのがどこでもドアの次に負担が少なそうだが、タクシー、といってもいったい月に何万円かかるのか。下手をすると家賃を超える金額になる可能性もある。


おしりに洞窟、全身どこもかしこも痛い、感染症リスク高、皮下は炎症と石灰化、二十四時間三百六十五日インフルエンザみたいな状態、筋力ない、紫外線浴びれない、うら若いのに白内障、その他いろいろたくさんいっぱい、病気の症状や薬の副作用をいちいち挙げているとオリンピックコース一周である。このような女子にとり、物件検索は容易ではない。物理的なインポッシブルがわさわさと浮かんでくる。やっぱり難病女子は生きていけないのか、となかば諦めそうになった瞬間。

かつての、フランス人ムッシュの奥さんの一言が、脳裏に浮かんだ。

「近くに住んじゃえば？」

ムーミン谷から出てきて小平の長屋に居住していた女子にとり、オアシス周辺、山の手内側のシティライフなど、イメージするだけでビビる。芸能人やエリートサラリーマン、駐車場に外車しか並んでいないような、ハイソなご家庭限定の居住地区なのではないかという、ムーミン谷的な極端な先入観が植えつけられている。

しかし、それが唯一の生存方法であるような気がしてきた。浮世はリーマンショックと金融危機で大騒ぎであった。不動産相場も全体的に下がっているのではないかという話も、ムッシュの奥さんがちらほら言っていた。恐る恐る、不動産物件検索サイトでオアシス近隣の検索をかけてみる。

確かに、確かに安いわけではない。しかし、検討していたS区やI区等々の物件と比べても、1DKの部屋であれば、月額平均数万円程度の違いだった。

オアシスがあるQ区のページを閲覧すると、障害者にわりとやさしいような雰囲気がある。サービスの選択肢も、ほかの区に比べていろいろあるような雰囲気がある。病院に通い闘病を続けることと、日常生活をなんとか営むことを、Q区ならなんとかやっていけるかもしれない。

「とにかく近所」が、「N・M・I」居住ミッションの最優先事項であると狙いを定めた。

難病人居住の必須アイテムがあるかどうかも肝心だ。ウォシュレットは、絶対必要である。トイレ問題は、おしり女子にとりきわめて重要な人生のテーマなのだ。ウォシュレットがなければ、消化管出血や感染症を起こしてしまう。そして暑いのも寒いのもダメだ。両方とも病状を悪化させる。冷暖房はバッチリでなければならない。エレベーターがなくては死んでしまう。

ついでに、火事や災害等の非常時にエレベーターが停止してしまった場合、本当に死ぬ気になれば降りられるか、または救助してもらえる低層階でなくてはならない。

## やる気にみちた営業マン、あらわる

暮らす部屋は、実際に見てみなくてはわからない。オアシスの周辺半径数百メートル圏内には、不動産屋さんが数軒ある。

四月末とある日。昼食が終わり十三時のおしりシャワー処置を終わらせたのちに、数時間の外出許可を取った。微妙な嘘をついて。

「手持ちの現金がないので、銀行でお金をおろしてきます」

タイから帰国した直後、今はなき某ロンロンのお年寄りグッズショップで購入した杖にしがみつき、不動産屋さんの門をたたいた。

ちなみに、この時は、不動産屋さんに突撃するくらいの瞬発力はあった。なんたって、病院は完全看護、三食付きである。わりと死にそうになっても、意識が朦朧としても、全身激痛で身動きすらできなくなっても、ぶっ倒れればそれでいい。安心して決死の無茶ができる。

入院生活とシャバ暮らしでは、身体にかかる負荷はまったく違う。加えて、ステロイドや免疫抑制剤をずっと服用していれば、少しずつ身体は喰われていく。今これをもう一度やれと言われても、まあ、無理だ。悪戦苦闘したすえに、ようやくもうすぐ届く予定の電動アシスト付き車いすを用いても、ちょっと無理だ。

まず初日、一軒目の不動産屋さんに入った。ひとまずぐったりとソファに半ケツで腰を下ろす。ああ、疲れた。周囲の状況を確認すると、先客がお一人。なんだかもめている様子である。フィリピン人の若い女性が、英語が通じなくて不動産屋さんとコミュニケーションできないという社会的場面に、偶然立ち合ってしまった。ああ、困ってるひとを、しかも東南アジアのひとを、放っておけるわけがないではないか。ご重体で「N・M・I」任務遂行中にもかかわらず、

「あの、よかったら通訳します」

と申し出てしまったではないか！　ああ、どうしてこういう展開になるのか。

ざっくりと事情を聞いてみたところ、どうやらこの女性は、ハイソな在日欧米人家庭でベビーシッターとして働いているらしい。典型的な、日本社会の底辺を支える出稼ぎフィリピン人女性だ。ああ、彼女の苦労が手に取るようにわかってしまうではないか。目に浮かんでしまうではないか。

難病ブロークンイングリッシュで適当に通訳をした。不動産屋さんに、彼女の保証人の日本人の身元が確かであることを伝え、彼女には日本の不動産賃貸システムのガラパゴス的特殊さ

と、今後どうすればいいかをざっと説明し、不動産屋さんのスタッフと物件を無事見学に行ってもらうところまでこぎつける。つ、疲れた。

「本当にありがとうございます！　本当に助かりました！」

と不動産屋さんにむやみに感謝されたのち、やっと自分の要件を伝える。

事前に作成しておいた、難病人居住必須アイテムリストを取り出し、

「えー、必須の条件はこんな感じです」

と、オアシス周囲半径数百メートル以内で候補を出してもらった。それら三、四件をプリントアウトしてもらうと、外出許可のタイムリミットが近づいてきた。身体の「限界」のアラームも鳴りだしている。初日は、これで撤退である。あのフィリピン人の彼女が、うまくいい部屋で暮らせていることを願うばかりだ。やれやれ。

初日の不動産屋突撃作戦から、二日後。一軒目のお店で印刷してもらった物件は、どれもイマイチ難病居住条件に合わない。階段しかなかったり、ウォシュレットがなかったり、ガスコンロがなかったり、洗濯機が置けなかったり、全部何かが欠けていた。

今度は別のお店に行ってみることにしよう。

「歯科に行ってきます」

と、またしても微妙な嘘をつく。まあ、まるきり嘘というわけではない。この時期、オアシ

スの近所の、難病女子であろうとも何も言わず受け入れてくれる稀なる優しき歯科で虫歯を治すよう、クマ先生から指令を受けていた。予約を入れてもとても混んでいて、実際より三倍の時間がかかる、ということにしておく。

口の中を甘く見てはならない。お口は、人類の最強の感染症媒体装置である。口腔内は細菌の巣窟だ。自己免疫疾患患者にとって、虫歯は命とりである。それにもかかわらず、難病患者は歯医者さんにも易々と行けない。実は、一般的なクリニックではたいてい「難病」というだけでむやみにハードルが上がり、何か事故やミスが起こることを怖がられて、診察を断られてしまうことも多いのだ。歯医者さんへ通うだけのために大学病院にまで行っている患者さんも多数いる。オアシス近所の某先生は、ほんとうに良心的だ。ほんとうに救われた。

さて、二軒目の不動産屋に入る。もしビルマ人の先客がいたらどうしようかと不安だったが、他にお客さんはいなかった。こじんまりとしているが、シティのオフィスっぽい小綺麗な店だ。入った途端、お店の男性と目が合った。その瞬間、何かを感じた。聖子ちゃん風に言えば、「ビビッ」ときた。

「ハーイ、いらっしゃいませーっ！」

このひとは、やる気にみちている。昨今、どのような業種、店舗でもわりとみんな疲れ気味なのに、「やる気があります」という文字がまるで頭上にピカピカと光っているような雰囲気がある。「ザ・営業マン」のような雰囲気がある。「やり手です」と顔に書いてある。

難病居住必須条件を提示し、

「どうでしょうね……」

と反応をうかがう。

ムーミンママは幸い、いまのところ激務の正規労働者だ。わたしのステータスはおしり有袋類という査定しがたいものであるが、ムーミンママを借主にすればなんとかなると踏んでいた。この問題については、先のことを考えるととても不安ではある。不安なことは、考え出せばきりがない。

でも契約更新する時や、ムーミンママが退職する時がきたら、事情を説明すればきっとわかってもらえる、と大家さんの良心にかけるしかない。世にも稀なる難病女子の生存、日本の病人の未来、日本のおしりの未来のために、みんなで大家さんに契約更新を祈願しに行ってみるしかない。その時は、どうぞよろしく頼みます。

何軒か資料を見せてもらい、オアシス周辺の不動産事情をおおまかに把握する。ふと、一枚の紙に目がとまる。これは、オアシスに近いな。これは、近いぞ。しかも、難病居住必須条件をざっとすべてクリアーしている。1DK、家賃は、パパママがぎりぎり払える気がする。自分が食べていく生活費を得る手段は、見当もつかないけれど。そもそもこれはインポッシブルな作戦なのだ。住民票を移し、モンスターとデスマッチしてみないと、すべてはわからない。

とにかく、細かいことは後回し。まずは「おうち」！

「あの、この部屋が見たいです」

「おーっ！　お目が高い！　これはもう、今しか出てこない、超目玉物件です！」

やる気にみちた営業マンさんが、さらなるやる気にみちみちあふれた。

「じゃ、早速見に行きましょう」

その建物は、本当に病院から近かった。ほんの、数百メートル。この距離なら、ギリギリで外来ライフをもたせられる気がした。この数百メートルすら、富士山登頂に匹敵する決死の覚悟を要する距離であることを実感するのは、在宅ライフをスタートさせた後の話である。

部屋に、足を踏み入れる。なんだか、「ここにおいでなさい」と部屋中に呼びかけられている気がする。難病ライフに重要な水回りも、トイレも、お風呂場も、冷暖房設備も比較的しっかりしている。自由に外に出られない日々が続いても、なんとか精神をもたせられる気がした。決して広い部屋ではないが、ビルマ女子時代の遺産たる山のような本たちも、なんとか工夫すれば置ける気がした。とにかく、わたしの動物的直感が「ここしかあり得ない」と告げている。

四月末日。

「ここ、いいですねえ」

難病女子の「おうち」の目処を、無理矢理つけた。

## ミッションⅡ　難病引っ越しのソナタ

五月、冒頭。

ムーミンパパママを強引に説得し、六月一日からの二年間賃貸契約をむすんだ。契約に必要な山のような書類を収集したり、また何度か、

「お金がないので銀行に行ってきます」

という方便を繰り返したり、まあいろいろと超絶的に大変ではあったが、書いているときりがないので涙をのんで省略する。

完全な見切り発車であるが、とにかく契約した。「おうち」ができた。

ここからが、「N・M・I」の本番ステージである。

いかにして、おしり洞窟とともに、ご重体の身体とともに、入院しながら引っ越すのか。誰の力も借りずに。まさしく前人未到のミッションである。

段取りは、きわめて重要だ。なにせ具合が超悪いのだ。元気だったら「まあ、また今度」と言えるかもしれないが、そうはいかない。要件は必ず一発で、周到かつ入念な準備のうえですませなければならない。

住民票や各種手続きを移動し、社会保障制度や福祉の「モンスター」と本格的にデスマッチする前に。まず、物理的に小平の長屋からの「引っ越し」をいかに遂行するかの計画を立てることにした。これは、いくらなんでもひとりでは不可能である。

「あの人」に、相談してみようかな、と思った。彼はとっくに退院して、実家で闘病生活を送っていた。Skype音声チャット、現代的ツールを駆使し、619号室から「どうしたらいいと思う?」と遠く離れた彼に話しかけてみる。

するとすごい答えが返ってきた。

「じゃあ、五月は小平に毎週末行こう。車、出すから」

「座っててていいから。指示だけ出してくれればいいから。作業は、僕やるから」

彼の家は、東京都内ではない。高速道路で車を飛ばして、オアシスまで片道数時間かかる。しかも、彼は、難病人である。

五月の最初の週末。土曜日。はじめて、朝食後から二十時まで、可能なかぎり最大限の枠の外出許可を申請した。名目は、

「銀行などで、いろいろ用事があるので、出かけます」

クマ先生の目はキラリと光っていたが、何も言わなかった。先生とわたしとの間に、はじめて「秘密」ができた。まあ、先生はおそらく、だいたい「お見通し」であったのではないかと

推測している。

相変わらず直球勝負のパパ先生は、この時期、難病女子の行き先について、すべての制度設計を完全に無視した、「実家に帰りなさい」という不可能提案をガンガン推進していた。

いや、だから、まず制度的にも無理なうえに、物理的にも死んじゃう、と何度も説明しているのだが。パパ先生はイマイチ社会制度に関心がないし、ムーミン谷のことは実際に行ってみないとわかってもらえないので仕方ない。パパ先生は超多忙で、わたしの細かい悩みの種や事情をすべて把握しているわけではないし。だが有袋類が頻繁に外出許可を取り、何やら不審な動きをはじめたことが気になっているようだった。

オアシスの玄関へ、出る。

「あの人」が待っていた。

「大丈夫？　はい、まず乗って乗って」

車のドアを開けて、持っていた荷物をさっと取り上げてくれる。さすが難病人、荷物を持つしんどさや、立っていることの辛さもよく把握している。動作に無駄がなく、感心してしまう。

病室から持参したおしり洞窟専用ジェル状マット、その名も「ジェルトロン」を車の助手席に敷いて、座る。座席のリクライニングを倒して、できるかぎり楽な体勢をとる。紫外線対策に、彼がサンシェードを用意していてくれた。まず、乗った。

「ふふ」

ともかく、自然に笑いがこみあげてくる。なんだか、信じられない。現実じゃないみたい。自分たちが何をしようとしているのか、どう考えても無茶なのに、とりあえず車の助手席に座っただけで嬉しかった。二人きりで、世界を転覆させるような、すごい陰謀を企んでいるような気がした。

「元気だった？　身体痛い？」

照れ隠しのように、身体の心配を口実にするみたいにして、彼がわたしの手をそっとさすった。そのささやかな感触に、中学生みたいに、ドキドキした。

## 難病人の荷造りの知恵

オアシスから小平の長屋まで、首都高も使って最速で一時間半。渋滞にはまれば、二時間以上かかる。とにかく時間がない。「N・M・I」引っ越し作戦を遂行するのに、いちゃいちゃしている余裕があまりないことが非常に残念であった。彼も運転に集中するだけで精いっぱいの身体だ。都内の運転も慣れていない。というか、オアシスに来るルート以外の都内の運転は、これが初めてである。車線変更や右折左折にヒヤヒヤする。わたしもぐったりしつつ、ナビをしっかり果たさねばならない。

調布ICで中央道を降り、長屋をめざす。小金井公園の新緑が、見えた。まだ行ったことがなかった。本当は、いますぐ車を止めて、葉っぱがわさわさと茂っている木の下で思いっきり深呼吸したかった。いつかここにデートしに来られるかなあ、と車窓越しに犬の散歩やジョギングをしているひとたちの姿をながめた。

オンボロ長屋に午前中に到着し、その前に車を止めると。彼はしばし、絶句した。終戦直後にタイムスリップしたかのような、古い木造長屋。トタン製の屋根、入口は年季の入ったなかなか開かない引き戸、エアコンなし、すきま風は吹きまくり、給湯器はプロパンガスの手動。

さまざまな菌やホコリが年輪のように蓄積し、自己免疫疾患患者にとっては確かに感染症バイオハザードハウスかもしれない。暑いのも寒いのも病気を悪化させるのに、確かに夏の室内温度は三十度以上、冬は〇度程度である。

「ここには……病人は住めないでしょ…………どう考えても」

わたしは、難病人リテラシーというか、難病人の豆知識みたいなものを、ずいぶん彼から教えてもらった。なにせわたしは初心者、在宅生活経験もない。まあ、病気の違いや程度の差はあれ、彼は小さい頃からずーっと、孤独に苦境に耐えてきたベテランである。

「はー、いろいろ用意してきてよかった」

まず、彼が持参してきた道具一式に驚く。だ、大工さん？ と見惑うばかりの、何やら見たこともない、謎の道具が車に詰まっていた。何十種類もあるドライバー、電動ドライバー、圧縮された空気がプシューと出てくる何のために使うのか見当もつかないマシーン、掃除機、軍手、梱包用のテープ。

「まずは、現場を確認しよう」

発症以来、東京の数多の病院やタイや福島を医療難民として放浪し、その後はずっと入院生活だった。二年近くもわたしの部屋は放置状態で、どこに何があるのか自分でも把握していない。郵便物などの管理は、シェアしているMちゃんにお願いしていた。大学の先輩が不要になった介助用電動ベッドを厚意で譲ってくれて、それがわたしの部屋に搬入されていることも伝え聞いていたが、まだわたしはその実物を見たこともなかった。

なんだか、自分の家に帰ってきたはずなのだが、他人の家に勝手に押し入るような気分になってきた。

ビルマ女子のほこりっぽい巣窟に、難病人「N・M・I」特殊部隊二名が侵入した。長屋をシェアしている盟友Mちゃんは、仕事で不在であることは事前にわかっていた（ちなみにMちゃんの部屋はお手入れされていてちゃんときれいです）。

わたしはとりあえず、部屋に入った瞬間、頂き物のベッドにぐったりと横たわる。ああ、ここに来るだけでぐったりである。

彼は、まるっきり昭和仕様の押し入れの内部、洗濯機、冷蔵庫、本棚等々の状態をぐるりと見て回ると、突然、隠されたすごい才能を発揮し始めた。

「うーん。この冷蔵庫と洗濯機は持ってってもいいかなあ。ちょっと病人用としては容量足りなすぎだけどね」

「この本棚はもうダメだ。ほら、本の重みで崩れかかってる。廃棄決定。本も、実家に送ってもいいものと部屋に持っていくものを分類しないと」

「組み立て式の、スライド式でいっぱい本が入る本棚あるでしょ。安いのならいま一万くらいで買えるからネットで買っといてくれる？　作ってあげるから。あとPCデスクの上に本棚作れるな。ホームセンターで木材のパーツ売ってるから、作ろう」

「角が尖ってると怪我するから、やすりで削らないとな」

「引っ越し屋決めた？　引っ越し代に無駄にお金かけちゃだめ」

「この介助用ベッドは、例の先輩からのもらいもの？　え？　解体組み立て代だけで三万円も取られんの？」

「ちょっと構造見せてね………あーこれならいける。できるわ。僕が解体組み立てやるからそれ断って」

「段ボール三十箱はいるなあ。引っ越し屋がくれるのは二十箱なのね。近くのホームセンター探して、足りないぶんは買いに行かないとね。梱包材もぜんぜん足りないね」

「調理器具はほぼ全部買い直し、買い足しだな。この電子レンジはまだ使えるね」

「使えるものもね、全部洗浄したり手直ししたりしないとダメ。何もないに等しい家だな、まったく。ここまでとは思ってなかった。これは大変だよ」

「エコとか、ロハスとか、ライフスタイルとかの問題じゃないからね。ほんとに。衛生環境とか冷暖房とか、安全性とか重さとか使いやすさとか、居住環境は、生き死にの問題だから」

「筋力がない、体力がない、免疫力がない、ってことがどういうことかまだ具体的にわかってないでしょ。元気だったときのイメージしかないでしょ。道具で工夫して、極力消耗を抑えないと、防衛しないと、在宅生活なんてとてもできないからね。覚悟してね」

わたしは、しばし、あっけにとられた。この人は、ホームセンターを趣味のテリトリーとする、世にも稀なるＤＩＹ（ドゥーイットユアセルフ）難病男子だったのだ。

こんな人だとは、まったく知らなかった！


しかし、やはり難病人なので、作業はすべてほぼ死ぬ気である。

ぜいぜい言いながら、

「あ、やばい。倒れる」

とか言いながら、

「う、まずいな。次の注射打つまで意識もつかな」

とか水分や薬剤を補給しながら、マスクをしながら、不自由で痛む身体を無理矢理動かして、せっせと作業に取り掛かってくれたのだった。

わたしは「それはそっち」「これは捨てていい」など口で指令を出しつつも、内心ヒヤヒヤである。リング上で血まみれのボクサーに、水を差しだし汗を拭き「立て、立つんだジョー!」と叫ぶコーチの気分だ。


夕方六時、もうオアシスに戻らなければ。二人とも疲労困憊《こんぱい》、人類の限界、クタクタもいいところである。時間ギリギリ、二十時をまわる少し前に病棟の前に到着した。

「また、来週来るから。大丈夫」

うん、うん、うん。

本当は、会いたいときに会えたらいいのに。このままずっと一緒にいられたらいいのに。ふつうに、デートできたらいいのに。そんなこと、無理だとわかっているのに、できないとわかっているのに、笑って「またね」と言わなければならないのに。

たまらなく寂しくて、辛くて、蓄積した耐えがたい思いが溢れ出してきて、どうやっても泣きそうな顔になってしまう。

「よしよし。また、会えるから。来るから。大丈夫」

ポン、とわたしのアタマをなでて、彼はひとり、車に乗って帰って行った。

619号室に戻り、視界はかすみ、朦朧と倒れ込む。でも、このときは。底知れぬ痛みも、想像を絶する疲労感も。あらゆる無理難題も、そういうものは、もちろんあるのだけれど。夜の病棟の静けさのなかで、ただ。「また、会えたらいい」と思いながら、意識はうすれていった。

こ、こういうのって、あ、あいのちから、とかっていうのかしら。

## 不良患者、パパ先生の逆鱗に触れる

この週を境に、五月は毎週末、不審な外出許可を申請した。

「銀行に……」

は、さすがに限界がきている。パパ先生は明らかに、疑っている。そもそも、土日に長時間銀行へ行くわけがない。ATMしか開いていないのだから。別の言い訳を考えねばならない。

五月の二週目。決死の難病荷造り作業ののち、夕方六時に小平を出たのだが、運悪く渋滞にひっかかってしまった。なんと、病棟着が二十一時を過ぎてしまった。一応、「すみません、渋滞で遅くなります」と車内から携帯電話で伝えておいたのだが、病棟に帰り着いた時点で、嫌な予感がした。

翌朝、案の定、史上最大級の雷が落ちてきた。

「どういうつもりだ？　本当に出ていってもらうよ！」

パパ先生の、本気のシバきがきた。もう見るからに顔が真っ赤。本気で怒っている。これは相当やばい水域に達している。

機密ミッションの遂行には、ある程度の適切な情報公開が必要である、と判断した。

「えーと、引っ越しをしてひとりで暮らそうかと考えておりまして……それでいろいろ」

とパパ先生に、「わが構想」をはじめて打ち明けてみた。

「そんなの無理！　病院の生活とはわけが違うんだ。親元へ帰ったほうが絶対にいい」

予想通りの、わたしにとっては絶対によくない、かつ不可能な答えが返ってきた。

「先生のご心配はわかってます。でもわたしは、こうするしかないんです」

明治のパパは頑固一徹である。「人間たるもの正しく（注：パパ的正義）あるべき」主義である。パパを納得させるのは、西郷隆盛を説得するよりも難儀だ。こりゃあ隠密行動で既成事実をつくりつつ、徐々に情報公開していくしかないな、と現代っ子は心の中で企んだ。

「とにかく、まだ死ねないので、実家には帰れません」

医師として、先生を心から信頼している。先生が提案した薬は、悪魔だろうが飲み込む。先生がいいと思った治療なら受け入れる。

だが、なんでもかんでも先生たちの価値観や感覚で、勝手に決めつけられては困ってしまう。わたしは、自分自身の命と生活がかかっているのだ。お医者さんがわたしを食べさせてくれて、一日中何もかもつきっきりでお世話してくれる、というなら話は別だが。

仁王立ちのパパ先生の眉間のしわがいっそう深くなり、しばしベッドを挟んだ二人のにらめっこは続いた。

## ミッションⅢ　「モンスター」戦プレマッチ

「N・M・I」は、まず「おうち」を確保し、難病人荷造り大作戦を五月の毎週末に遂行する段階にまでは至った。

次はいよいよ肝心要の、複雑怪奇な「モンスター」とのデスマッチが控えている。

デスマッチにエントリーする前に、プレマッチが必要だ。まず、現在住民票を置いている小平市と、引っ越し先のQ区のHPを参照しながら、現在使用している制度すべてとともに、一日で住民票を「移動」する作戦を立てなければならない。

「移動」決戦日は、六月三日にすることとした。平日の一日だけ、都内居住のビルマ関係の知り合いのおじさんに、レンタカーで車を出してもらえることになったのだ。この一日が、しかも区役所が空いている九時から十七時までの間が、現時点での全書類「移動」の勝負である。小平市民→Q区民への変身を遂げなければならない。

ああ、以前は引っ越しなんて、住民票だけ移せば終わりだと思っていた。ところが今や、申請している制度に関係する申請書、証明書など、何十というリスト、エベレストのように積み上がった書類、「移動」するだけでグレート・ジャーニー以上の覚悟が必要なのである。

そして「移動」のあとには、Q区で、在宅生活を生き抜くための制度申請とのデスマッチが待っている。バトルは、永遠なり。

ともかく、難病女子は、六月三日の「移動Xデー」ミッションを成功させるため、大学院の授業でも使ったことがないくらい脳みそをフルに使い、619号室にてこそこそと実行プランを作成するのであった。ほとんどまるで、UNHCRの職員の仕事みたいだな、これは。

「移動Xデー」、迫る！

第十四章

# わたし、書類です

## 難病難民女子、ペーパー移住する

ここは、どこかの調査員か学者のオフィスであろうか。

無数のファイル、封筒、資料、冊子、得体の知れない書類が、机や椅子、クローゼットの上にうずたかく積み上がっている。積み上げるにもいよいよ限界がきて、ベッドの三分の一が書類に占領されている。

「大野さーん、また何か届きましたよー」

看護師さんが、ひっきりなしに謎の郵便物や宅配物を運んでくる。

「もうちょっと、どうにかならないの。ここ、病室なんだけど、一応」

クマ先生は、なかば諦め顔で書類山脈の撤去を促してくるが、あいにくそのような余地はまったくない。

ここは、難病ミッション・インポッシブル、通称「N・M・I」の司令室。

介助用ベッドにおしり洞窟専用クッションをしき、電動リクライニングを起こし、ノートパソコンとe-mobileを起動する。

わたしは、難病マエストロ。練りに練った、計算しにしつくした、人類のしわざとは自分でも思えぬ楽譜を広げ。オーケストラを配置して。

いざ、わが生存（それとデート）をかけ、前人未到のタクトを振らん。

## 「移動Xデー」、お役所グレート・ジャーニー

二〇一〇年、六月三日。

小平市からQ区への「移動Xデー」が、ついにやってきた。

この一日のために一か月間を費やし、全精力を注いで段取りの「脚本」を書いた。なにせ一発勝負、うら若き乙女の命がかかっている。ミスは絶対に許されない。タイ—ビルマ国境難民キャンプのフィールド調査でも、卒論執筆でも、ここまで労力をかけて周到な事前準備をしたことはない。

一日で、役所の窓口が開いている九時から十七時のあいだに、「書類上のわたし」をすべ

て移動させる任務。この「お役所グレート・ジャーニー」に同行してくださったのは、三月の「ご退院」緊急事態の際に、おしりが腫れた女子を自宅マンションに数日間かくまってくださった、ホトケのようなご夫妻の旦那さん、Kさんである。

Kさんに相談するのも躊躇した。だが、さすがに「お役所グレート・ジャーニー」は誰かの介助と車がなくては実行不可能である。平日の朝から晩まで、一日付き合ってもらうことを頼めそうなのは、この時Kさんくらいしか思い浮かばなかった。Kさんにメールで相談すると、本当にありがたいことに、「いいよん」と快諾してくれた。レンタカーを借り車を出してくれるという。

この時分、Kさんを「N・M・I」に巻き込んで、かなり疲れさせてしまったと思う。ヘルニア持ち、糖尿予備軍、ナイスな団塊世代おじさんであるKさんの寿命が縮まってしまったのではないのだろうか。今は感謝と申し訳ない気持ちとでいっぱいである。

前日、朝食後から夜八時まで、めいっぱいの時間枠で外出許可を申請しておいた。朝五時に起床し、一か月間かけて準備しておいたすべての「書類上のわたし」を大きなナイロン製エコバッグにつめる。

シャワーでおしり洞窟を激痛洗浄し、普段より気合いを入れて、友人がお見舞いにくれたユニクロのおニューの女子パンツを装着し、厚めにガーゼをあてる。

どうでもいい話だが、長期入院しているひとにあげるお見舞いで喜ばれるのは、パンツや下着、楽に着れる服、洗剤などのこまごました日用品、それから百円玉だと思う。

たいていの病院は病棟内に洗濯機と乾燥機が設置されているものだが、この洗濯に使う百円玉の消費量がバカにならない。両替しようにも、なかなか外に出るわけにもいかない。オアシスでは洗濯機二百円、乾燥機二百円、一度の洗濯に四百円もかかる。わたしはケチケチと限界まで下着やタオルなどの洗い物をためておき、週に一度だけ洗濯をした。入院中のワードローブの差し入れは、あればあるほどケチケチと洗濯代を節約できるので、とても助かった。

「お役所グレート・ジャーニー」の装備を確認する。なにしろ、人類未踏のフロンティアへ旅立つのだ。万が一、任務の途中で「元おしり」液体があふれだす非常事態等々も想定しなければならない。

交換用の滅菌ガーゼ、内服薬、点眼薬、冷えピタ等々の装備品もばっちり持っていかなければ。脱水を防ぐポカリスエットと、ドライマウス対策のガムも必須だ。巨大シティトーキョーに食糧や水はあふれているはずなのだが、身動きがとりにくい難病人にとっては、そのへんのセブン-イレブンも南極点並みに遠い。

午前九時前。Kさんが、黒い革ジャンに身を包み、病棟に迎えにきてくれた。

Kさんのすごいところは、真面目な勤め人のおじさんなのに、超柔軟性があるところだ。さすが、ビルマ難民支援仲間として知り合っただけのことはある。

発病する前、「ちょっとビルマの国境を越えてきます」と言っても、「あ、そう。行ってらっしゃい」と、そのへんのデニーズに送り出すような雰囲気で声をかけてくれたことを思い出す。どんなことを言ってもほぼ驚かない、飄々《ひょうひょう》としたナイスなおじさんだ。

この日も、難病女子の大いなる陰謀、人類の未知の領域、「N・M・I」に加担しようとしているにもかかわらず、

「おっ、おはよう。じゃ、行こうか」

と、そのへんのサイゼリヤに行くようなノリで平然としていた。ミッション遂行の緊張感で冷や汗をかいているのは、わたしだけである。

「書類上のわたし」をはじめ、おしり洞窟用クッションや過剰な旅の装備品等々、荷物がかなり多くなってしまった。Kさんは持病のヘルニア悪化の危険を冒しつつ、わたしとともに車にそれらを積み込んでくれた。

さて、「お役所グレート・ジャーニー」へ、旅立とう。まずは、助手席シートのリクライニングをめいっぱいに倒して。体力を温存、おやすみなさい。

## お役所窓口巡回の旅

わたしと「書類上のわたし」を積んだ車は、午前十一時前に小平市役所へ到着した。

「更紗ちゃん、更紗ちゃん！　着いたよーっ」

Kさんの、そのへんのジャスコに到着したような感じの、間延びした穏やかなかけ声で覚醒する。

ここからが、「N・M・I」の「脚本」の本番である。トム・クルーズばりにマスク、眼鏡、手袋、帽子を装着し（トムとは違い変装目的ではなく、感染症・紫外線対策だが）、おしりのガーゼもぴたっと洞窟にはまっている。気合いが入っている感じがしてきたぞ。Kさんに介助してもらいつつ、任務開始だ。

まあ、以下は、読んでおもしろいかどうかははなはだ疑問である。ざっと眺めて、「ああ、人生って大変なんだな」と覚悟するくらいでいいかもしれない。

①まず市役所本庁から車で一分の距離にある、障害者福祉センターの障害者福祉課事業推進係の窓口にゆき、移動の「予告」をする。本日必要な手続き一切を窓口の担当の職員の方に確認し、これから必要書類を揃えるために本庁に行き、後ほど戻ってくることを伝える。

早速ぜいぜい、と肩で息をしながら、窓口のおねえさんに、

「も、もどってきますから！　必ず！　なるはや（なるべくはやく）で！　よろしくお願いします！」

と、生還することを一方的に宣言する。旅のスタート時点でヘロヘロ、関節も筋肉もおしりもあちゃこちゃ悲鳴をあげている。すでに体温もけっこうなレベルに上昇してきている感じだ。

②Kさんと、車で小平市役所本庁へ移動する。税務課で、平成二十一年度ぶんの非課税申告をし、課税・非課税証明書を取得する。ここでひとつアクシデントが発生した。予期せぬ事態に、しばし動揺する。

「今ねえ、ちょうど時期的に、はざまなんですよ。平成二十一年度ぶんの証明書の発行開始は一週間後からなんです」

と、税務課の職員のおじさん。ショックを受けるわたし。まさか、また証明書ひとつのために、誰かに車に乗せてもらって、ここまで来なければならないのか！　まるでエベレストの八合目で「吹雪だ、残念だが……」と無線で通知された登頂隊ではないか。目の前が白っぽくかすんできた。

お役所の窓口のひとにも、いろんなタイプのひとがいる。自治体によって、区によって、課によって、雰囲気はぜんぜん違う。クジみたいなものである。このおじさんは、スマイル対応で、わりと親切なひとだったと思う。

「六月十一日以降に、郵送で請求できますから、大丈夫。えーと、これが申請書ね。使用目的とか、そこにあるとおりにいろいろ書いて捺印してください」

「それと、八十円切手を貼った返信用封筒と、一通につき二百五十円ぶんの郵便為替を郵便局で買って、全部同封して、郵送で送ってね。そしたら、後日お送りしますから」

課税・非課税証明書だけのためになぜそんなに手間がかかるのか。そもそも課税・非課税証明書紙切れ一枚になぜ二百五十円もかかるのか。ひとつひとつのサービスを申請するたびに、何枚も必要なのに、ちょっと高すぎるのではないか。せめてワンコイン、一通百円くらいにならないのか。

お役所のシステムへの根本的問いは尽きないが、窓口のおじさんにそのようなことを言っても仕方がない。申請書をもらい、手続きの概要をメモして、撤退する。

③次は市民課へ行き、まず住民票一通を取得する。一通二百五十円也。せっかく取得したばかりの住民票だが、すぐさま転出手続きの窓口へ持っていく。ようやく、ついに「ペーパー移住」の氷山に突入を開始する。

「すみません、引っ越しをするので、住民票を移動したいのですが」

と窓口のおねえさんに言い、申請書類に必要事項を記入、捺印する。ここで「わたし、小平市を出ました」という証明書、「転出証明書」を発行してもらった。

これでわたしの住民票は、小平市を出て、どこにも所属せずに、宙にただよっていることになった。なにやら、不思議な気分である。もしこのままQ区に転入する手続きをとらなければ、

「書類上のわたし」は永遠にぷかぷかと浮いているのだろうか。

そんなことを考えていたら、本当に意識がぷかぷかと昇天しそうになってきた。油断は禁物だ。「寝ちゃダメだ！　寝たら死ぬぞ！」と市役所のロビーのソファで、自分に自分で活を入れる。

④ふたたび車に乗り込み、本庁から車で一分という微妙すぎる距離にある、障害者福祉センターの障害者福祉課事業推進係に舞い戻る。東京都内でも保健福祉系の窓口がある建物が、本庁と分離している自治体はけっこうある。都道府県の単位で見ればまことに多種多様、なかには県内に担当の窓口が数か所しかないところもある。窓口の延々の旅は、患者や家族にとっては、なんとも心くじけるしんどいものだ。
さきほど市民課でもらった「転出証明書」と身体障害者手帳を提示して、入院中に申請したいくつかのサービスの移動の手続きの書類を、ひとつひとつ書いていく。

印鑑をいったい何回押したのか、自分の氏名住所連絡先等々をいったい何回書いたのか。痛む手にいよいよ力も入らなくなり、がくがくと震えてくる。

こごえる吹雪の中、凍傷で手足がもげ、ゆきだおれるエベレスト登頂隊の気持ちが、今、初夏なのによくわかる。疲労で朦朧としているが、もうここまできたらとにかくなんでも、気合いで何十回でも書くしかない。

⑤同建物内にある健康課庶務係の窓口に行き、東京都難病医療費等助成制度の医療券の移動手続きを取る。

一つの医療機関ごとの月額自己負担額が設定されている医療券。わたしは、オアシスでしか使えない医療券。たとえ、病気や薬の副作用が原因でも、合併症やその他の治療にはほぼ使えない。それでも一生、命綱の医療券。

それを小平市に返して、A4の一枚の紙をもらう。この紙が、Q区に移動してから新しい医療券を発行してもらうまでの代わりになるという。ただのぺらっとした紙なので、なんとも頼りない。しかしこの紙きれが命の境目とは。ほんとうに、制度って不可思議なものである。

ひとはペーパーに運命を握られているのかもしれない。お金もペーパーでできているし。現代人の営みとは、ペーパーとのあくなきバトルなのだろうか。ジョーが相手ではなく、ペーパーが相手とは、なんとも言えない寂寥感《せきりょうかん》がただよってくる。

さて、「書類上のわたし」は、これで小平市にグッバイをしたことになった。

午前十一時に小平市役所に到着してから、一連の手続きを終えるまで、所要時間は約二時間。入念すぎるほどの「脚本」と、Kさんのナイスなサポートもあって、ぎりぎりだが、なんとかやりすごした。

ビルマのジャングルでマラリアにおそわれながらさまよう避難民だ……ああ、東北の田舎で野をかけまわっていた、幸福な幼少時代が見える…………遠いとこまできたもんだ…………。寅さん……旅に出るのかい…………。

「さて。じゃ、戻ろうか」

もはや脳内で幻覚を見ている難病女子の隣で、Kさんはまたしても、ジョナサンにでも行くような、動揺も焦りも一切感じさせないかけ声を発する。「N・M・I」の助手は、さすがただものではないと思った。

さて、まだまだ、これはスタート地点に過ぎない。ぷかぷかと虚空にただよう「書類上のわたし」を十七時までにQ区へ移転させねば、わたしの存在は宇宙のかなたで漂流してしまう。

車に乗り込み、オアシスのあるQ区へ逆戻りする。わたしは、Kさんが運転をはじめると、意識を失うように昏睡《こんすい》した。ああ、小平市のわたしよ、さようなら……。

## ペーパー区民、お役所マジックに感嘆す

「更紗ちゃーん、更紗ちゃん！　もうすぐ着くよ！」

Kさんの声で、目が覚めた。

どのくらい眠っていたのだろう。助手席のシートで、全身、汗をびっしょりとかいていた。

おしりがキリッと悲鳴をあげ、全身の痛みと、地球に直接つかまれて地面に引きずりこまれるような凄まじい倦怠感を感じて、意識が現実に戻る。時計の針は十五時半をまわっている。車窓の外に目を向けると、山の手内側、大都会である。もうすぐQ区のお役所に、到着する。虚空をただよう「書類上のわたし」を抱え、Q区役所に置いてある車いすをKさんに押してもらい、まずは区民課へ。

ついに、「ペーパーQ区民」に変身するときがやってきた。このような日を我が人生において迎えようとは。ムーミン谷に生息していたころが、遥か遠い彼方の夢物語のようである。強制的に、不可逆的に、ムーミンから生まれシティガールに変身する人生も、この世の中にはあるのだ。

受付の番号札を取り、順番を待つ。「ピンポーン」と呼ばれ、車いすのまま、Kさんと、転入・住民登録の窓口へゆく。眼鏡をかけた、優秀そうなおにいさんとご対面する。

「大変お待たせいたしました、お辛くないですか？」

「転入のお手続きですね。ああ、たくさんこれからいろんな手続きがあるから大変ですね。用紙、ご自分で書けますか？　大丈夫ですか？」

「印鑑登録と、住民カードの発行まで処理に少し時間がかかりますから。わたしがうかがいますのであちらのソファで、お休みになってお待ちください」

この丁寧さ！　ホスピタリティ！　「ここはお役所じゃないんですか」「もしかしてサービス

料みたいなものがとられるんですか」と思わず尋ねそうになってしまった。お言葉に甘え、ソファで完全に横になって寝る体制をとり、ぐったりする。

十分程度たった後。さきほどの職員さんは、トドのように横たわる難病女子に目線を合わせるように、なんと膝までついて懇切丁寧に説明してくれた。

「こちらが新しい印鑑登録のお手続きの証明と、住民カードになります。これから保健課に行かれてお手続きなさいますよね？　住民票の写しと印鑑登録証明書が必要になりますね」

「大変お手数ですが、証明書の自動発行機があちらにございますので、そちらでこのカードを差し込み、暗証番号を入力して、一通につき二百五十円をお支払いいただいて、取得していただけますか」

「ひとまずこちら、Q区のご利用案内のパンフレット等一式をお渡ししておきますね」

「あ、ありがとうございます」

このように懇切丁寧に対応していただくと、住民票に一通二百五十円支払うのも、なんだか気分がまったく違う。自ら進んで払いたいような気持ちにすらなってくるではないか。これはお役所マジックだ。さすが大都会だ。お役所の天変地異だ。

## 「モンスター」戦は余裕のあるリングで

自動発行機で書類を取得したあと、お隣の保健課へそそくさと移動する。「N・M・I」の重要な局面である。恐る恐る、窓口に車いすでお邪魔し、

「す、す、すみません」

と怯えたウサギのごとく、職員のひとに声をかける。

見るからに人当たりのいい、ほわっとしたおねえさんが、出てきてくれた。

わたしは数週間前から何度かこの課に電話で連絡をして、奇っ怪すぎる事情と、小平市から転入する旨を事前に伝えておいた。

「あの、先日ご連絡しました、大野と申しますが、あの、えっと」

さすがに身体が限界に達してきた。ランナーズ・ハイを通り越して相当量のアドレナリンが脳内で分泌されていると思われ、もうどこが痛いとかなんとかいうより、自分が宙に浮いているような感覚。人類としてヤバい領域に突入している。うまく喋ることすらできず、しかし生き延びるために「N・M・I」を遂行すべく、窓口の机の上に大量の「書類上のわたし」を広げる。

「はいはい。少々お待ちください…………。ああ、先日お電話をいただいた大野さんですね」

「ただいま、担当ワーカーが席をはずしておりますが、わたくしが代理でとりあえず今日のぶんのお手続きを承りますね」

「今日、とってもお疲れになったでしょう。大変でしたね」

この職員のおねえさんの何気ないねぎらいの一言に、不覚にも涙が出てきた。

うん、大変だった。ずっとずっと、大変なことばっかりだった。そしてこれからがたぶん本当に、ずっとずっとずっと大変なのだ。

でもこの瞬間、病院の外で、すなわち「社会」ではじめて、「がんばってるね」と、「生きていいよ」と、誰かに認めてもらえたような気がしたのだ。


さて、世の情けに涙したのもつかの間。とにかくエクストリーム在宅ライフを実現させるために、「モンスター」と闘わなければならない。ひとまず、身体障害者手帳をQ区にペーパー移動してもらう。さてどうやって移動するのか、どんなすごい裏技を駆使するのかと思いきや。ただ手帳に記載された小平市の旧住所に斜線をひいて、新しいQ区の住所を手書きで記入するという、なんともアナログな処置に拍子抜けした。

そしておねえさんから、読もうとしても解読不能なパソコンのマニュアルのような「Q区の障害者のためのサービス一覧」を受け取ると、また気が遠くなってきた。いったいどれが使えて、何をどう申請すればいいのか、皆目見当がつかない。

「今日は、いまできる最低限の手続きだけしておきましょう」

「これからどんなサービスが使えるかどうかは、ご相談しましょうね。こちらで、ケアマネージャーと、ケースワーカーが日程を調整して、八日にご入院先までうかがいます」

「ケアマネージャー」とは世間の風の噂で聞いたことはあるが、実物を見たことはない。ケアのマネージャー。リングで「モンスター」とデスマッチする際には、やはりマネージャーがつくのか。なんと、そのような御仁が、オアシスまで相談に出向いてくれるというのか。

時刻は、十七時前。今日の「お役所グレート・ジャーニー」は、ここでタイムアウトだ。ともかく、ペーパー移住はした。デスマッチのエントリーまでは果たした。

この先に待ち受けている、まったく想像も及ばない、生涯続く延々の闘いのスタートとしては、そんなに悪くない気がする。

「モンスター」との孤独な闘いは、きちんと整備されているリングでエントリーするに限るな、と思った。

新型難病女子は、ペーパーQ区民に変化した一日目にして、Q区に骨を埋めることを決意した。そうでなければ、とてもじゃないが生存できない。命がいくつあっても足りない、と思った。

Kさんにオアシスへ送り届けてもらい、619号室の書類が散乱するベッドへ倒れ込む。もう、指一本動かない。看護師さんに「ただいま帰りました」と声を発する余力もない。一日のミッションを終え、一瞬だけ力が抜けると同時に。わたしは、背筋がぞっとした。

もし、二級の手帳を取れていなかったら。もし、オアシスがQ区になかったら。もし、あのおうちが見つかっていなかったら。もし、両親がいなかったら。

「もし」の仮定に意味がないことは重々承知しているが、わたしの現在→今後の生存の可能性が、いかに奇跡的な偶然の積み重ねによって成り立っているかを実感して、心底恐ろしくなった。今のわたしは、ミラクルの申し子なのではないか。どうやってご重体で生計をたてていくのかというミラクルも、もう一発自力で起こさなくてはならないのだが。

そして、「もし」この先、手帳の等級や、住まいや、今のギリギリの状態が変動することがあったら。それは本当に、わたしを死に至らせるだろう。その現実が、生々しく口を開けて、隙があればいつでもわたしを喰おうと待ち構えているのが、見えた。うすれゆく意識の中で、ただ、戦慄した。

## 親民総動員体制、発令

五月毎週末、「あの人」と二人で、病院を抜け出して小平の長屋へ必死に通った。難病人の荷造りという、人類の限界を度外視した「お引っ越し」の下準備を、「デートしたい」という盲目的かつ無敵の動機づけにより、着々と積み重ねた。

「お引っ越し」の実行日は、六月五日に定めた。

五月後半から、高校時代の部活仲間、ビルマ関係や大学のゼミ関係の仲間、あてがありそうな人びとに、「六月五日に引っ越しするので手伝って」とメールを出しておいた。この日ばかりは、周囲のひとに全面的に頼ることを、自分に許可した。

ムーミン谷からやってくるパパママ含め、当日の人員を十名ほど確保できた。プラス、引っ越し屋さんの男性二名、総勢十二名の大所帯である。

入院しながら隠れてコソコソ引っ越すとは、パパ先生とクマ先生がどこぞの偉いひとから入院患者の管理責任を問われるような気もする。

「けしからん!」とパパ先生に破門されそうな気もする。「アメイジングだね!」と宇宙プロフェッサーに宇宙的ポジティブな評価を受けそうな気もする。

しかし、なにせ新型難病女子が619号室を脱出するための、前人未到の「N・M・I」の一環であるので、非常識的行動を慎んでいる場合ではない。

まあそもそも、ムーミン谷の子がビルマ女子化して、ほぼ前例のない難病にかかり、おしり有袋類に変化する時点で、最初から全部あり得ないような話である。先生たちには、あきらめてもらうしかない。「新型」の誕生は、大難病リーグ養成ギプス学校のたまものなのだから。

ムーミン谷には、ムーミンに持参してもらうブツのリストを携帯のメールで送った。遠く離れた標高七百メートルの実家に置きざりにされた、難病女子の数少ない懐かしい私物。だいたいが寒風にさらされてカピカピの干物と化しているか、またはカビが発生しているかで、お引っ越し先で使用に耐えうる物は特に残してはいない。ほんの数枚のパジャマ、ママが分けてくれた金ザル、やかんくらいだ。あとは、東北のド田舎の家では一般的に蓄積しがちな、お葬式でもらう海苔や料理酒の類。それと大事なのはお米。

「これはどこさいっただべ……」

「お父さんがどっかさやっちまったんだべ」

「いやお母さんがどっかさしまったんだべ」

過労ムーミンパパとママの、緊張感が欠如した会話が電話越しに聞こえてくると、どーんと脱力する。まあムーミンだから、仕方ない。

ウォシュレットの工事、ガスの開通、インターネットの工事、ビックカメラの配送、生協の申し込み契約等々、三十分単位で当日のスケジュールをすべて計算し、手配をしておく。

引っ越し作業が一日ですべて終わるわけはないが、ともかく、一日でやれるところまでやりきらなくてはならない。本人は指令を出すばかりで、実際の作業をやるのはお手伝いに来てくれるみなさまというのが、申し訳ない限りではある。

「退院する訓練のために、一泊、試験外泊してみたいです」

と、クマ先生に言ってみる。

「あ、そう！　ついにそんなこと言い出したか。で、いったいどこに泊まるの」

「小平の家に、両親と泊まってみます」

嘘とも言い切れない方便を用いて、初の「外泊許可」をゲットした。

## クタクタな夜のソナタ

総勢十二名の大部隊の、献身的な働きっぷりはすごかった。みんな、なんていい人たちなのだろうか。狭いスペースの中、各々が勝手に仕事を見つけて嵐のように物事が進んでいった。綿密なスケジュールも予定通り、やはり難病人の用意は周到に限る。

難病お引っ越し（本人は大混乱の現場に対して、ぐったりとしながら必死にあちゃこちゃ指令を出していただけだが）と、初の「おうち」での一泊外出を終えて、ヘロヘロ、朦朧、もう生きているだけでやっと。どこが痛いのか、考えるのもおっくうだ。指一本動かせません状態で病室へ辿り着いた。

iPhone の画面上に、文字が浮かぶ。Skype のチャット。「あの人」からだ。

こういうときは、どんなに痛くても、疲れていても、真っ赤になったボロボロの指でも、動かす余力が出てくるのだから、ひとはまったくおかしなものだ。

「よかった」

「はあ？　何が？」

「いや、うまく言えないけど。生きててよかったのかもしれないと、昨日、生まれてはじめてちょっと思った」

「はあ。急になんで？」

「わかんないけど。更紗ちゃんの、何かの役に、立ったのかと」

「……まだデートも、してないけどね」

「あの人」には、けっこうな重病人なのにもかかわらず、お引っ越し当日、人足の一員として介助用ベッドの解体と組み立てをしてもらった。

非常識なお引っ越しもあったものである。

第十五章

# わたし、家出する

## 難民、シャバに出る

病室の机の上の卓上カレンダーの、二〇一〇年六月二十三日（水）欄の四角に、大きな赤いマルがつけられた。

退院日が平日だと、ムーミンパパママは仕事を休まねばならない。そのうえ、車での長距離の往復の後、次の日はほぼ睡眠なしで出勤しなくてはならない。それゆえにスケジュールは土日にしてほしかった。

「先生、退院日は週末にしてほしいんですが……」

入院させてもらえるだけでありがたいという、この殺伐《さつばつ》とした世の中にあって、退院日を選択するなどという贅沢は庶民にはない。

「こういうのは、まず決めちゃわないとね」

クマ先生の若干強引な決断により、「その日」は決まった。

「わかりました」

承知したなら、即決定。大量の薬の退院処方や、栄養管理指導のオーダー等々を、クマ先生が嬉々として発注する。ちょっとルンルンとしているのが、かなりわかりやすく伝わってくる。先生の心情もわかる気がする。なにしろ九か月間、毎日ずーっと朝から晩まで、このリアルに難民化した女子のことと、謎すぎる病態のことを考え続けなければならないという、想像するだに恐ろしい重荷から解放されるのだから。

## 百万回の「よくなってます」より、一回の「よくやってます」

退院を間近に、「N・M・I」も詰めの局面である。

六月に入り、この時期になってくると、隠密行動で積み上げた既成事実が功を奏し、さすがのパパ先生も「ムーミン谷に帰れ」とは言わなくなってきた。反抗的な珍しい新型に対して、妥協的姿勢を示すようになってきた。

「引っ越しました」

「え！　いつのまに引っ越したの！　なにそれ！」

「Q区で、ここの近所でひとりで暮らします」

「ふっ……まあいい……わたしがよく観察してるからね……気を抜かないようにね！」

観察してくれるのはありがたいのだが。パパの愛は嬉しいのだが。愛の表現がやっぱりお説教っぽい。明治っぽい。大和魂っぽい。こう、なんというか、おしり洞窟探検隊や「N・M・I」の苦難に、一言くらい、おほめの言葉もほしい感じがする。


いつも先生たちは、「よくなってます」と繰り返し言う。一辺倒に言い続ける。これはお医者さんという生き物の癖なのかもしれない。

わたしは正直、百万回以上の「よくなってます」に辟易していた。ステロイドや免疫抑制剤の副作用で次第に身体が喰われていくのに、いいときも悪いときもあるのに、ひたすら念仏のように「よくなってます」と唱え続けられるのはなんだか違和感がある。

ぜんぜん嬉しくもないし、ぜんぜんほめられている感じがしない。むしろ、上司にプロジェクトの手柄を横取りされた部下のような気分になってくる。

苦痛に耐え、「社会」と激戦しているのはわたしなのに、よくなってるかよくなってないかを無理矢理決めつけられているような気もする。そんなに無理に「よくなってます」と唱えなくてもいいのではないだろうか。

原因不明の、現代医学ではよくわからない、治らない病気なのに、「よくなってない」ことが悪いことで、わたしが悪いような気すらしてくる。

「よくなってます」と何が何でも言いたいのは、それは、先生なのではないだろうか。

……………パパ先生にシメられそうなことをまた書いてしまった。もしかすると、ドMを超越したつもりが、真のウルトラドMとなってしまったのかもしれない。

わたしとしては、「よくやってます」と言われたほうが、ずーっと嬉しくて、ほめられているような気持ちがして、社会の中で生きる気力がわいてくるのだが。

## ケアのマネージャーさん、あらわる

Q区にペーパー移住したわたし。最低限のお引っ越し作業も終え、退院日も決まり、いよいよ世にも稀なる難病女子の「家出」実現に向けて、急ピッチであらゆる準備を進めねばならない。

Q区のケアマネージャーさん、ケースワーカーさん、担当課の職員さんが三人がかりで緊急に訪ねてきてくれるという。自宅の内部の様子を見てもらう必要があるとのことで、外出許可を取り、まだ住んでいない「おうち」で待ち合わせをする。

行政のひとと、在宅生活について相談をするのは初めてだ。どのようなことが起こるのか、予測もつかない。かなり緊張する。

「ピンポーン」と呼び鈴が鳴り、ビクッとあわててインターフォンで「開いています、どうぞ」と応えた。

お三方とも女性で、優しそうなひとたちだった。二〇〇八年の発病から、二〇一〇年六月現在に至る経緯を、ベッドで横になったままざっとお話しする。神妙な表情で、ちゃんと話を聞いてくれた。

「ひとまず、退院が決まっているし、最低限の用意を急がないと」

「家事援助と身体介助で何時間くらいでしょうか」

「これどうなんですかね……あとで確認してみますね」

「杖と車いす、あと、入浴補助用具とか。それと、一日一回、四百二十円だけどよかったら配食のお弁当をとってもらうのがいいかも。栄養管理も一応されてるし。一食でも確実性をとらないとかなり心配ですね」

「代理でできる範囲の手続きは、できる限り代理でやったほうがいいですよね」

「使えるサービスの申請全部やってたら、それだけで具合悪くなっちゃうね」

女性三人がいると、話が早い。これまでのお役所経験からすれば、新幹線並みのスピードである。ひとりでは早晩KO負け確実な「モンスター」とのデスマッチは、マネージャーさんが味方についてなんとかバトルできるものなのだ、ということを実感した。朦朧としつつ、「障害者のためのサービス一覧」を一緒に見ながら、どれが使えそうなのか、どんな書類の準備が必要なのかを大まかに相談していく。

お役所のお仕事は縦割りであるので、もちろんすべてを職員のひとたちが把握しているわけではないし、職員でもよく知らないことがたくさんある。国の本体の方針、東京都の本体の方針で、どうにもならないことはたくさんある。

しかしともかく、自治体の直接の担当のひとが「味方」であると心情的に思えるだけでも、生存ギリギリ女子にとって心身の負担はものすごく違うことがわかった。担当の方々が、たまたま、お子さんがいる働くママたちである、というのもラッキーだと思った。いろいろな浮世の苦労を把握する能力は、ママ層が圧倒的に高いと思う。

わたしは延々、生きてる限り、「ペーパー」と「モンスター」と闘い続けなければならないが、めげそうになるときもあるが、というか制度設計のあまりのジャングルっぷりによくめげているが、Q区の担当の方々のホスピタリティによって、ぎりちょんでなんとか、今のところ踏みとどまっている。

## クマ先生は「人」だった

かつて、「N・M・I」の陰謀を企てる以前。わたしと主治医のクマ先生の関係は、密接すぎる父と子のようだった。わたしは先生にすべてをわかってもらいたい、わかってくれるはずだと思っていた。病院の中では、わたしにとっては先生は命の恩人で、信仰の対象みたいだった。畏れや尊敬こそすれ、喧嘩や反抗などしたことはなかった。

難病女子のサイババ、ジーザスクライストスーパースターであった。

まさか、「チッ、ちっともわかってない……」「そうじゃないだろおおお！」「殺す気かあああ！」などという気持ちを、クマ先生に対して抱く日が来ようとは。ブチ切れる日が来ようとは。

ご重体エクストリーム在宅生活を実現させるためには、助けが必要だ。特定の誰かの不安定な、持続不可能な助けではなく、持続可能な「制度」の助けが。

絶え間ない痛みや熱発、身体に常に二トントラックが載っているかのような倦怠感、多種多様な病態、大量の薬剤、世にも稀なる病との大激戦はまあ当然、標準装備である。

「どんな感じなの？」とよく訊かれるのだが、特殊な病態が多すぎてイマイチうまく伝えられない。おしりや腕がとけて流出するという世にも奇妙な事態を、麻酔なしでいろんなところを切られたりする事態を、一言で説明するのはかなり難しい。まあ、なんというか、かなり大ざっぱに体感だけを表現すれば、二十四時間三百六十五日インフルエンザみたいな感じだろうか。まあ、そこは仕方ない。治らないものは治らないんだから、仕方ない。

それだけでも充分に大変であることは間違いないが、闘病するだけで病人が生きていけると思ったら、大間違いだ。

問題は、この身体でひとりで「生活する」ということに、具体的にどのような困難がつきまとうのかということだ。わたしの世界は、天変地異のごとく変わったのだ。

筋力はないし、独力では自由に外に出られないし、免疫力も体力もない。ジャムの瓶やペットボトルのふたを、自分で開けることもできない。紫外線を浴びられない。常に感染症や怪我に細心の注意をはらう。皮膚や身体の組織も弱っているので、洗剤などに直接触れられない。おしりを大事にケアしなければならない。

とにかくちょっとでもなにかやると、フルマラソンを走りきった後のように疲弊し熱発する。「難」は挙げればきりがない。

発病前は「当たり前」すぎて、意識もしなかったような、ひとつひとつの日常動作。あらゆるすべての動作が、ビルマのジャングルに行くよりもずっと大変になった。毎日が全力ダッシュマラソン、超絶探検隊である。


わたしが先生にブチ切れたきっかけは、「主治医の意見書」であった。

退院日が迫っているということで、ひとまず最低限の、月四十時間すなわち一日約一時間の在宅ヘルパー支援を、Q区の担当ワーカーさんたちが暫定的に緊急決定してくれた。

ヘルパーさんの支援を受けられる時間数は、正式には「主治医の意見書」をもとに、Q区の審議会で決定される。エクストリーム難病女子ライフを維持できるかどうかにとって、生死の境を分ける、超重要なペーパーである。

クマ先生は肉体的にはバリバリ元気だ。ブラックベアーのプライベートは謎に満ちているが、結婚はしているようである。毎日外来の診察や、入院患者の治療や、研究や、学会に身を呈し、激務に奔走している。一見、頻繁に繰り出してくるオヤジギャグがちょっと寒いこと以外には、まっとうすぎてなんの突っ込みどころもないように見える。

しかし人間とは、きわめて経験的な生き物だ。シングルマザーにはシングルマザーの、芸能人には芸能人の、ギャルにはギャルの、サラリーマンにはサラリーマンのおじさんにはサラリーマンのおじさんの、在日バングラデシュ人には在日バングラデシュ人の、それぞれの苦労と言い分というものがある。

いくらお医者さんといえど。いくら主治医とはいえど。おしり左側を任せているとはいえど。毎日顔を突き合わせているはずの難病女子のプライベートの苦労を、具体的に「わかる」わけがない、ということをこの時思い知ったのだった。

## わたしの意見はイケンのか

わたしの退院後の命にとって、生活にとって、超重要なペーパーなのに。

在宅ライフにおいて、どんなことが具体的に困るのか、ちょっとくらいわたし本人に聞いてみてもいいのではないだろうか。クマ先生は、この「主治医の意見書」について、わたしに一切何も聞かず、相談もしなかった。

「発覚」は六月のある日。別の用件でもクマ先生に何枚か診断書を頼んでいたので、進捗《しんちょく》状況を確認しにオアシスの書類担当窓口へ行った。

窓口のおねえさんが、わたしのファイルを取り出す。そこで、偶然に。ファイルの隙間から見えてしまった。すでに書かれて、本来であればわたしが見ることなくQ区に送られるはずだった「主治医の意見書」を。

ちらりと見て、一瞬で、身体がぶるぶると怒りで震えた。

移動に助けが必要か、入浴に介助がほしいか、食事の用意や家事に支援が必要かどうかなど、さまざまある支援項目の、ほとんどの欄に、「必要ない」のチェックマークが並んでいたからである。一日たった、一時間。その最低限のヘルパーさんの支援すら、この紙一枚で、受けられなくなるかもしれない。これまで、どれほど苦難を積み重ねて、ここまでやってきたと思っているのか。たった一枚の紙きれで、すべて、粉々にするのか。

さすがに、ムーミン谷の優等生だった女子も、これには激昂した。

「ぜんぜん、何もわかってない!」と。

裏でこそこそと必死に「N・M・I」を遂行し、619号室を脱出し生存するべく、あらゆる手を尽くしてきた。肝心要のこの局面で、よりによって、クマ先生が妨害工作を仕掛けてくるとは、どういう名医の言い分があるというのだ。

わたしは顔を真っ赤にし、六階病棟へ戻った。そこで激務に励むブラックベアーを発見し、

「先生！　どうして何も聞かないで勝手に決めるんですか！」

とはじめて、喧嘩腰に啖呵《たんか》を切った。

すると我が名医は、

「いま忙しい！　医学的に正しいことを書いた！　本人に聞く必要はない！」

とこれまた喧嘩腰に返答してきた。なんたるアメイジング！　人間とは、きわめて反射的な生き物であることも、このとき判明した。

医学的に正しい在宅生活とは、いったいどういう意味なのか。はっきり言って、意味不明だと思った。生きるために必要なあらゆる闘争で、これ以上ないというくらいに疲れきり、苦痛に耐え、ぐったりとし、なんとか凄まじい一日をやり過ごす。

「N・M・I」開始以来、どうも先生たちは、患者のデイリーライフにおける「難」を、病院内の世界だけで判断している傾向があると感じはじめていた。オアシスに入院し完全に保護されながら何か行動するのにかかる負荷と、オアシスの門の外で行動するのにかかる負荷は、大ざっぱだが百倍くらい違う。

一日一時間の時間数で、ヘルパーさんにお願いできることは、難病女子が生きるために、本

当に必要最低限のことだけだ。食器を洗ってもらって、洗濯物を干してもらう。それで一時間なんて、あっという間に過ぎてしまう。時間がもし余れば、軽いお掃除や、痛み止めのテープや薬を手が届かないところに貼ってもらう。

たったそれだけである。それすら、「医学的に正しくない」とは、どういう了見か。というか、このペーパー一枚がわたしにいかなるノックアウトをもたらすのか、実感として何もわかっていないのではないか。

「ぐうううううう…………………」

我が名医によれば、わたしが異議申し立てする「権利」はないらしい。自分の主治医に向かって、円月殺法あるいは柳生の術を繰り出したくなった。この表現では団塊世代以上にしか意味が通じないな。つまり、ハリー・ポッターの呪いの呪文を一発唱えたくなった。夕食に出たシャケのホイル蒸しをスプーンでめった刺しにし、なんとか憤懣《ふんまん》を抑える。

## 難病女子、NIAと化す

「NIAだ…………」

新型難病女子は、また新たな決意をした。

ここで失望にかられ、山手線に飛びこんだりビルの上から大ジャンプしたりすることをまたウツウツと考え出すのは、イマイチイケてない感じがする。

要は、先生たちの脳内の「シャバ暮らし」のイメージは、せいぜい高度経済成長期、はたまたバブル時代くらいで止まっているということだ。

オアシスの先生たちは、なにせスーパー優等生である。たいてい、献身的に支える妻、優秀な子どもたち、ホームドラマにそのまま出てきそうな「ご家庭」持ちである（ほんとうに円満かどうかは人による……はっ、これはタッチしてはいけないいけない）。

勤務医は激務ゆえ、時給換算するとぜんぜん高給取りではないのだが、社会的ステータスや価値観はやっぱりブルジョワっぽい。昭和の『三丁目の夕日』のような、ノスタルジーの幻想に浸かりまくっているような気がする。

現代日本砂漠の「ナウなシャバ」事情について、制度の「モンスター」について、よくわかってないというだけなのではないか。医学についてはスペシャリストでも、今日の複雑かつ急展開な人類の生態系については疎いのではないか。

「いつか必ず、お嫁にも行けるし、子どもも産めます」

と先生たちは慰めによく言ったりする。

現代っ子のわたしからすれば、「はあ」って感じである。現状認識にズレがありすぎるだろう、いくらなんでも（なんでいつか必ずお嫁に行かなければならないのか、という疑問はとりあえず横に置いておく）。カルティエのショーウインドウの前で、豪華絢爛な宝石のネックレスを見せられて、「似合うよ、買えば？」と言われるような違和感とむなしさ。

まず、明日生存できるかどうかのレベルの問題なのだ。お嫁どうだこうだの前に、わたしが死なないかどうかを心配してほしい。鈍チンすぎやしないか。

「聖なるパパ」たちは、誇り高く、頑固で、超頑張っちゃう人たちである。ひとは誰しも、自分が「主人公」だ。先生たちにとってわたしは、超頑張って製作した「悲劇的で美しい作品」なのかもしれない。だから、障害や福祉について、「モンスター」について、それがわたしにとって生死を分ける問題であるにもかかわらず、軽視し敬遠する。

だがわたしにとっては、わたしが「主人公」に決まっている。若干「難」と縁が深く、しょうもなく弱く、時に非理性的な、ただのエクストリームな女子だ。パパたちにはわたしの世にも稀なる「難」の応援隊にはなってほしいが、パパたちの「美学」に付き合って死ぬのはちょっと嫌だ。というかすごく嫌だ。「難」だけで充分だ。

ということで、オアシスの頭脳は、医学的には述べる賛辞が見つからないくらいトレビアンだが、世間の激動についての認識は年相応のただのおじさんたちである、という当然の事実が判明した。先生たちがいかに激務をこなしているかは重々承知である。激務だからこそ、いかに難病女子がシャバで苦労をしているか、患者にとって何が大事なのか、わかってほしい。わかってないなら、わかっていただくしかあるまい。お医者さんが患者を苦しめては、本末転倒も過ぎるというものだ。こうなっては、CIAならぬ「NIA」（注：Nan＝難 Intelligence Agency）となり、ナウな世知辛い世に先生たちをとりこまねばなるまい。

「ふっ、ふふ………ふふふ」

NIA女子は、お皿の上でバラバラになったシャケの無残な姿を前に、不気味にほほえんだのであった。

## 難病女子の、バースデイ

九か月間（途中で何度か強制退院しているが）、わたしのおうちだった、619号室。部屋の中をじっくりと見渡す。壁、ベッド、机、椅子、すべてがわたしの身体の一部のようだ。しっくりきすぎて、ここから離れるのが妙な感じがする。

ここにいれば、何もかも安全だった。でも居続けられない。仮に居続けられても、わたしは死んだまま。ここに隔離され、管理され、守られるのは終わりにする。

また入院してお世話になる日は、この先確実にやってくるだろうけれど。とりあえず、大難病リーグ養成ギプス学校、ビギナー科卒業のお免状はいただこう。

外来通院管理に切り替わっても、有袋類&ご重体状態はそのままなので、見方によっては病室がちょっと病院の外に出たような感じではある。でも、違う。ぜんぜん違う。このオアシスの、門の外で生きるんだ。わたしは外に、「社会」に出るのだ。「社会」とデスマッチを繰り広げるのだ。死んでいたわたしは、未知のおニューなわたしとなって、生まれ変わる。退院日、二〇一〇年六月二十三日は、わたしの二つ目のバースデイにしよう、と決めた。

「さよなら。またね」

わたしのいとしき619号室に、別れを告げる。

最終章

# わたし、はじまる

## 難病女子の、バースデイ

二〇一〇年六月二十三日。

長い長い、退院の一日。

「外」へ出てゆく、生きてゆく、はじまりの一歩。

ひとは、なぜか生きる。

ひとは、なぜか、考えたり、悩んだり、好きになったり、嫌いになったり、理性的になったり、非理性的になったり、落ち込んだり、ハイになったり、死にたくなったり、生きたくなったりする。

なにがあっても。

悲観も、楽観もしない。

ただ、絶望は、しない。

## 明け方の波乱

「ピピピピピピピピピピピ」

明け方、四時。わたしの命綱の iPhone が突如鳴った。

「もっ……もふ…………もし」

半分眠っている状態で、ベッドの中でそのまま電話をとった。

「更紗ちゃん！」

ムーミンママだ。ムーミンにしては珍しく、声が切迫している。極限状態に追い込まれると「チョコ棒」二十本を十分間で消費し、「オラ、寝る」と掘りごたつにもぐりこんで三十秒で眠りにつき、すべてを忘却できる生態を持つ生き物である。そのママが、こんな声を出すとは。

電話越しだが、何事かが起こったことを瞬時に感じる。一気に眠気が覚め、脳が覚醒した。

「どうしたの」

「ゆうべ、オオオバが特老（特別養護老人ホーム）で心臓止まって、救急搬送されて、お父さんと二人でつきそってたんだけど。『どこも悪ぐね（標準語訳：どこも悪くない）』ってお医者さんに言わっち、朝方すぐに病院からまた特老に戻さっちゃんだけど……。今、家に帰ってるとこ」

「寝ずで東京さんぐがら（標準語訳：寝ないで東京へ行くから）、ちっと大変だけど、さすけねから（標準語訳：大丈夫だから）、心配すんな。んじゃ、また後でな」

なんだそれ。おおいに心配ではないか。

「オオオバ」とは、わたしの亡き祖父の姉で、御歳《おんとし》なんと百三歳。ムーミン谷でも稀な長生き女子だ。認知症がかなり進行して完全に恍惚《こうこつ》のひとだが、これまで何度も救急搬送され、そのたびに蘇生し、病院から追い返されるというハイパー心臓の持ち主なのである。

なにしろ一世紀以上生きると、一人娘も八十代の後期高齢者、りっぱなおばあちゃんである。孫はいない。ムーミン谷は、限界集落だ。行政の支援もほとんどない。いざというとき、パパママは最も近い親戚として駆けつけなければならない。

よりによって、難病の娘の退院日と、オバの心臓が一時停止するタイミングが重なるとは。東京まで辿り着けるのだろうか。東北自動車道で大事故を起こしたりしないだろうか。インターチェンジで車線を間違って、小平の長屋に到着したりしないだろうか。

「先生、父と母はたいへんなことになったようです」

と、事情をクマ先生に告げる。

「えっ！　大丈夫なの？　ご両親倒れちゃうんじゃないの」

だからこの前、退院日は平日じゃなくて、土日にしてほしいって言ったのに……と内心ブツブツ言いたくもなるが、今さらどうしようもない。

先生もサイババではなく人間であるので、その時々の機嫌や事情というものがある。先生が激務の中でいろんなことを忘れたり誤解したりするリスクを計算に入れて、備えておかなくてはならない。要は、お互いさまなのである。何でも相手の立場になって、考えてみなくては。

なんだか、たいへんなことが起こったのに、いたってまともなことを考えはじめた。「N・M・I」以前なら、ただパニックに陥り、泣き叫んでいたことであろう。不可思議である。おしりに洞窟ができたりしたために、何が起こっても、もちろん悩みはするが、「驚く」という反応についていてかなり鈍い女子になってしまったらしい。パニックになる以前に、「どうしようかなあ」と現実的に即物的に考えはじめる。大難病リーグ養成ギプス学校と「N・M・I」を経た教育的効果なのであろうか。

## 荷物も積もれば百円ショップとなる

九か月間の壮絶な入院生活、難病グレート・ジャーニーをともにした装備品たちは、かなり大量であった。

ベッド脇の机の上にエベレストを誕生させ、さらにはベッドの三分の一を占有している書類の山。

明らかな設計ミスとしか思えない、幅二十センチクローゼットにぎゅうぎゅう詰めの、タオルや下着、衣類。

患者用貸し出しロッカーの中には、資料、本、外に出られない生活のために必死に備蓄した日用品のストック。それからおむつやガーゼ。マスク。その他いろいろ。なにせ、二十五歳の女子のすべてである。

朝のおしり洞窟洗浄処置をしながら、荷物をここから撤去しなければならない、という事実にふと気づき、愕然とする。

「ここはわたしのおうちじゃなくなる＝荷物は片づける」という基本中の基本ともいえる退院の観念が、619号室と自分があまりに一体化しすぎたために、欠如していた。わたしが去れば、荷物も自動的に去るような気がしていた。なんという錯覚、妄想、勘違いであろうか。

「慣れ」とはかくも恐ろしい！

まず、段ボールとガムテープを確保しなくてはならない。

ところで、段ボールは大事だ。女子と段ボールとの縁は深い。高校時代は、部活と受験勉強の合間に疲れ果てた際、勝手に渡り廊下で段ボールを敷いて野宿ならぬ廊下宿をしていた。ビルマの難民キャンプで、UNHCRの段ボールを座布団代わりにしていた。難病人の引っ越しの際も、お世話になった。

段ボールは人類の最後の砦《とりで》なのだ。段ボールはもっと賛美されるべきなのではないだろうか。大事にされるべきなのではないか。退院後も、いまだに丈夫そうで分厚い段ボールなどを見かけると、思わず「はーん♥」と興奮し、家に持って帰りたくなってしまう。

「Mさん、段ボールを院内で手に入れることはできるでしょうか」

看護師さんに、最後の砦のありかを問うてみる。

「地下の昭和の売店でもらえるよ。あ、ガムテープはナースステーションにあるから、貸してあげますよ」

やっぱり、じ、自力ですよね、そうですよね……。スタッフのみなさんはとても忙しいですものね………。

ナースステーションでショッピングカートのような荷物運び用カートを借り、カートにつかまって地下の売店まで前進する。車輪を発明したひとはすごいと思った。カートがわたしを前にひっぱっていってくれる感じがする。

よく街中で、おばあちゃんたちが老人用カートのようなものにつかまって前かがみになって歩いているところを見かける。なるほど、あれは構造的に荷物運び兼歩行器みたいな作用があるんだ、ということを図らずも学んだ。

この昭和の売店とも、しばしお別れだ。品揃えはイマイチだが、店員のおばちゃんはいつも

優しくていいひとだった。おばちゃんに、

「段ボールください」

と最後のオーダーをする。

「はいはいー、そこの新聞コーナーの脇にためてあるよ！　大きさは？　何個くらい？」

「ええと、とにかく分厚くて大きいものを……。六つくらい」

まったく、この世は砂漠だ。お寒い。巨大な段ボール六枚をおばちゃんにカートに載せてもらい、我が身とともに運ぶ。いくらカートの作用が補助してくれようとも、物理の法則には限界というものがある。

619号室に戻った。もう疲れてしまった。わたしの今日一日ぶんのステロイドを、電池を使い果たした。

どうすべきか考える。どう考えてもひとりでは荷物をまとめるのは無理だろう。しかもムーミンパパママが何時に到着するかは予測不能である。

「更紗ちゃんは、病院で百円ショップ開くつもりなの」

とクマ先生が病室をうかがいに来て、呆れた顔でジョークを飛ばしてくる。ジョークを飛ばす余裕があるならパンツの一枚でもたたむのを手伝ってほしいところだが、それは先生の業務外である。

退院のソナタ

まさか。そんなはずはない。サプライズで見送りに来てくれるんじゃないかとか、それはないよ。そう思いつつ、でもなんとなく予感と確信を持ちつつ、iPhoneを手にする。

「荷物、どうしよう」

と、遠く離れた「あの人」に、メールを打つ。

「今日、わざわざ外来の予約入れたんだよ、実は。退院するって言ってたから、診察の帰りに寄れればと思って。今出るから、ちょっと待ってて。余計な動きをしないでよ」

またしても、力仕事は御法度の難病人に、人足をさせることになってしまった。でも、すごく久しぶりに、会える。会える。会える。口実は何でもいい。会えるんだ。

お昼過ぎ、「コンコン」と619号室のドアをノックする音が聞こえた。彼が、来た。

「お久しぶり」

「うん」

「さて、やりますか。寝てていいよ。指示だけして」

ＤＩＹ難病男子は、とにかく器用で段取りがいい。病人がどうこうというより、彼の天性の才だろう。寡黙な職人タイプ、という感じだろうか。病院慣れしているので、まだデートもしていいうら若い女子の下着だろうがナプキンだろうが、本や書類とまったく同じ感覚で躊躇せず機械的にサササッとまとめてゆく。

「おしりは、どうなの？」

「うん、まあ、変わらないかなあ」

久しぶりに会った、男女として微妙な関係性にあるご両人が交わす会話としては、珍妙すぎる。

彼が本当は動かしてはいけない身体を動かして、黙々と作業するのを見ながら、いろんなことを考えた。

この人は、これまで、わたしの周囲の人間関係にはいなかったタイプのひとだ。電車の乗り方は知らないが、本も読まないが、フランス映画も観ないが、お役所の手続きも苦手だが、生存する「コツ」のようなものはよく知っている。

デートに行くなら、何をすればいいのだろう。病院の「外」でデートしたとき、この「命の恩人」にわたしは何を思うのだろう。どうしてここまでしてくれるのだろうか。この人に、わたしは何かしてあげられるのだろうか。何が起こるのだろうか。

「デート」までのハードルが、こんなに高いケースは我が二十五年間、四半世紀ほどの人生で初めてだ。

いったいぜんたい、デートの本番には、どんな事態が待ち受けているのか。下手をすると、デートする前に、あるいはデートしながら、この人がマジにあの世へおゆきになりかけてしまう事態に陥る可能性もおおいにある。

遊園地やレジャーランドの類は確実に救急車行きだ。紫外線やバリアフリー状況も慎重に確認する必要がある。そんなデンジャラスなデートを実行する場合、どこへ行けばいいのだ。いや、もしかすると、行こうと思えば意外にどこにでも、シャバのデートの名所っぽいなんとかランドやなんとかヒルズなどにも行けるのだろうか。「外」に出たら、難病トキメキデートスポットを発掘せねばならないな。とりあえず、電車の乗り方も知らない、この人を連れて。

彼は荷物をまとめ終わると、

「またね。そのうち、きっと会えるよ」

と、遠い彼方へ帰っていった。ポン、とわたしの頭をなでて。

## 生かしたからには

二〇〇九年九月、九か月前にここへ来た。

宇宙プロフェッサーと明治のパパとクマ先生の三位一体体制のもと、ともかく死ななかった。生かされた。

ぎりちょんで生かされたはいいが、本当のエクストリームな「難」とのバトル本戦は、今日これからなのである。

両親が夕方十七時、四十八時間以上不眠不休の限界状態で到着した。パパママはパパ先生とクマ先生に連行され、わたしはひとり、ぽつねんと病室に残された。仕方がないので、体力を回復すべく、しばしベッドで昏睡して待つ。両親に二人が何を話したのかは、よく知らない。

後からパパママから聞いた話によれば、パパ先生が、

「社会の制度や障害の制度や他人をむやみに頼ってはなりません。そういった精神が治療の妨げになります」

などなど、患者の生存の現実を超越した、たとえ健康なひとでもノックアウト確実の、高度すぎるレベルの例のお説教らしきものを、保護者向けの丁寧口調版でかましていたらしい。

いやはや、どこまでも相変わらずである。だから治療する前に死んじゃうってば、まったく。トホホ。


パパママとの話が終わると、クマ先生は、病室に戻ってきた。

「『特別』な患者さんというのは、いないんです」

「ひとそれぞれに、それぞれの、道がある」

「大野更紗さん、今までよくがんばりました。これからも、がんばって」

九か月前にここへ来て初めて会ったときと同じように、わたしの瞳をまっすぐ見て、そう

言った。なんかちょっとかっこよかった。わたしは手を伸ばして、クマ先生と、握手した。

クマ先生が医者をやめない限り、先生はわたしの「主治医」だ。わたしは勝手にそう決めている。先生、生かしたからには、ついてきて。この、新型暴走女子に。

わたしは、社会の「モンスター」と、時には先生たちと、あらゆるすべてとバトルして、『道』をつくって生きなければ。ひとがあるいたところに、『道』はできる、と大昔の誰かも言っている。

誰も通ったことのない、教科書もマニュアルもない、二十四時間三百六十五日ギリギリ崖っぷちの、『道』を。

## 「難」のはじまり、すべてのはじまり

もう夜八時だ。外は真っ暗になっている。一般的に入院患者が退院する時刻としては、非常識な時刻である。かなり遅い。

パパママには、すべての荷物を車に運んでもらった。619号室はすっからかんだ。わたしの物は、何もない。もうここは、わたしの部屋じゃない。

明日の朝には清掃され、滅菌消毒され、また誰かがこの部屋に入ってくる。その人の苦難と、こんがらがった事情と、溢れるようなストーリーとともに。

「先に、車で待っててくれる？」

とパパママに頼む。

「なんだべ、ひとりで車までこられっぺか。さすけねのか」

「うん、大丈夫。ちょっとひとりになりたい」

難病女子は、ひとりでここに辿り着いたのだ。出てゆく時も、ひとりで出てゆかなければ、なんだか格好がつかない気がする。


オアシス一階の、病院入口の自動ドアが開く。

このドアは、オアシスに入院して以来、「帰ってくる」ドアだった。でも今は、ただの病院のドアだ。

受付のある古びた旧館の廊下を通って、玄関に出る。石造りの、この廊下。事務職員はすでにほとんど業務を終えていて、人気はない。静まり返って、何の音もしない。緊急灯の緑のランプだけがぼやんと光っている。


コツン、ずりっ。コツン、ずりっ。

杖の音、わたしが身体をひきずる音。

二年前のわたしの足音は、違った。

コツコツ、コツコツ。もしくは、ガシガシ、ガツガツ。

誰の痛みもわからなかった。何も知らなかった。

今はすこしだけ、わかるよ。ひとが生きることの、軽さも、重さも、弱さも、おかしさも、いとしさも。


「外」に出る。一歩目を、踏み出す。

六月の、ちょっと生暖かい風が吹いている。

杖を右手でめいっぱい握って、深呼吸をする。まずは、杖から前に出す。

コツン。

次は、足だ。地球の重力に逆らって、腿を上げて、膝関節を曲げ、足の裏を地面から持ち上げる。前に、出る。

ずりっ。


ここからが、すべてのはじまり。

さあ、生きよう。語ろう。


しばしのお付き合い、どうも、ありがとう。

# あとがき

長く短い劇的な日々のすべてを語ろうとすると、とても本一冊にはおさまりません。広辞苑十冊ぶんくらいになりそうです。ここに書けたことは、ほんの一部の一部です。

この後の在宅生活、そして東日本大震災。生存ギリギリ、アメイジングの基準値をどんどんふりきっていく未知すぎる毎日を生きています。

オアシスで出会ったお友達のなかには、書いている途中で物言わず亡くなっていった方々も何人かいらっしゃいました。こんな言い方が妥当かはわかりませんが、本当に、おつかれさまでした。勝手にバトンを託された思いです。

クマ先生、パパ先生、ヨッシー先生、宇宙プロフェッサー先生、どうもどうも、いつもすみません。新型難病女子の発生は、先生方の激務の産物でございます。

川合さん、小林さん、片野さん、ゆきえさん、こだまさん、しらいくん、しずえさん、みきさん、三郎さん、宮田部長、山田さん、陽子さん、麻子さん、由美子さん、まどかさん、幡谷先生、根本先生、本当にいろいろありがとうございました。お世話になってばかりで、御礼の申し上げようがありません。

本書のプロデューサー役（注：ノーギャラ）である辺境作家、高野秀行さんとポプラ社担当編集者の斉藤尚美さんに、言葉では記述不可能な感謝を。ポプラビーチでの『困ってるひと』連載は、「何か書いてみたい」とわたしが病室から高野さんに突然メールを送りつけ、高野さんが６１９号室に探検にいらしてくださったことから始まりました。

そして何よりも。執筆中何度も折れそうになったとき。もう何もかも無理だと幾度となく思ったとき。心に灯をともしてくださった、ツイッターのみなさん、読者のみなさん。いま必死に難とバトルして生きている、みなさん。この本は、みなさんなくして、世に出ることはありませんでした。


難ばかりの今日も。

今日も、みんなが、絶賛生存中。

二〇一一年　桜の季節に
大野更紗

＊この作品はウェブマガジン「ポプラビーチ」（二〇一〇年八月〜二〇一一年四月）に連載されたものに加筆修正したものです。

大野更紗（おおの・さらさ）
1984年、福島県生まれ。上智大学外国語学部フランス語学科卒。上智大学大学院グローバルスタディーズ研究科地域研究専攻博士前期課程休学中。学部在学中にビルマ（ミャンマー）難民に出会い、民主化運動や人権問題に関心を抱き研究、NGOでの活動に没頭。大学院に進学した2008年、自己免疫疾患系の難病を発病する。1年間の検査期間、9か月間の入院治療を経て、現在も都内某所で生存中。
Blog http://wsary.blogspot.com/
Twitterアカウント @wsary

# 困ってるひと

二〇一一年 六月二〇日 第一刷発行
二〇一一年 九月二九日 第一一刷

著者 大野更紗
発行者 坂井宏先
プロデューサー 高野秀行／編集 斉藤尚美
発行所 株式会社ポプラ社
〒一六〇-八五六五 東京都新宿区大京町二二-一
TEL 〇三-三三五七-二二一二（営業）
〇三-三三五七-二三〇五（編集）
〇一二〇-六六六-五五三（お客様相談室）
FAX 〇三-三三五九-二三五九（ご注文）
振替 〇〇一四〇-三-一四九二七一
一般書編集局ホームページ
http://www.poplarbeech.com
印刷 瞬報社写真印刷株式会社
製本 株式会社ブックアート


N.D.C.914／316P／20cm ISBN978-4-591-12476-5

北里大学獣医学部

# 犬部!

片野ゆか

著

行き場を失った犬や猫を救うため
奔走する現役獣医学部生たち。
動物だらけのキャンパスライフは、笑いと涙と感動の連続!?
青森県十和田でくりひろげられる、
実録青春奮闘記。

ポプラ社
定価1470円(本体1400円)
四六判／上製／354頁

# 耳の聞こえない私が4カ国語しゃべれる理由

金 修琳
著

聴覚障害を持ちながら、
韓国語、日本語、英語、スペイン語を話し、
外資系一流企業で働く著者。
その過酷な生い立ちと転身の秘密とは?
変わり種キャリアウーマンのトンデモ半生記!

ポプラ社
定価1470円(本体1400円)
四六判/並製/287頁